# 鬼の花嫁　新婚編一

## ～新たな出会い～

ク

STARTS
スターツ出版株式会社

目次

# 鬼の花嫁　新婚編一

## ～新たな出会い～

# プロローグ

多くの国を巻き込んだ世界大戦が起き、その戦争は各国に甚大な被害と悲しみを生み出した。

それは日本も例外ではなく、大きな被害を受けた。

復興には多大な時間と労力が必要とされると誰もが絶望の中にいながらも、ようやく終わった戦争に安堵もしていた。

けれど、変わってしまった町の惨状を見ては悲しみに暮れる。

そんな日本を救ったのが、それまで人に紛れ陰の中で生きてきたあやかしたち。

陰から陽の下へ出てきた彼らは、人間を魅了する美しい容姿と、人間ならざる能力を持って、戦後の日本の復興に大きな力となった。

そして現代、あやかしたちは政治、経済、芸能と、ありとあらゆる分野でその能力を発揮してその地位を確立した。

そんなあやかしたちは時に人間の中から花嫁を選ぶ。

見目麗しく地位も高い彼らに選ばれるのは、人間たちにとっても、とても栄誉なことだった。

あやかしにとっても花嫁は唯一無二の存在。

本能がその者を選ぶ。

そんな花嫁は真綿で包むように、それはそれは大事に愛されることから、人間の女性が一度はなりたいと夢を見る。
めでたく婚姻し本当の伴侶となった花嫁。
けれどそれで終わりではない。
むしろ始まりなのだ。
伴侶となったことで、いや、伴侶になったからこそ多くの試練が訪れるだろう。

# 一章

柚子（ゆず）の朝は、スマホのアラーム音とともに、つい一週間ほど前に夫となった玲夜（れいや）の腕の中で始まる。

瞼（まぶた）を開いた柚子の前には、すでに目を覚ましている玲夜の綺麗（きれい）な顔がある。

柚子が目覚めるのを待ちかまえていたように微笑む表情は破壊力抜群だ。

精巧に作られたように一片の欠点もない玲夜の容姿にはさすがに慣れたが、朝一番の微笑みはやはり柚子でも激しく心臓が動いてしまう。

まだまだ修行が足りないようだ。

「おはよう、柚子」

「おはよう……」

蕩（とろ）けるような甘い眼差しを直視できず、柚子は玲夜の胸に顔を埋めて視界を遮る。

だが、恥ずかしさを紛らわせる柚子の行動は甘えているようにしか見えず、ただ玲夜を喜ばせただけであった。

柚子を引き寄せた玲夜の腕に力が入り、互いの鼓動が聞こえるほど近くぴたりと体をくっつける。

つい先日、披露宴も無事に終えた。

あらかじめ招待客のリストには目を通していたので人の多さは分かっていたはずなのだが、いざホテルで一番広い大広間を埋め尽くす人々の視線がいっせいに向けられた時には逃げ出したい衝動に駆られた。

全体の招待客を比べてみると、柚子より玲夜——鬼龍院家関係の客がほとんどだった。

鬼龍院というあやかし界のトップであり、日本経済を支える巨大企業グループの関係者というだけあって、呼ばれた人たちは皆、上流階級の人たちばかり。

中にはテレビや新聞でよく知るような経済界・政界の有名人などもいて、花嫁である柚子を値踏みするように見つめてくるのだ。

中にはあからさまな敵意を感じる視線を向けてくる者もいた。

それらはほとんど女性からである。

理由は言わずもがな。玲夜の隣に立つ柚子が妬ましいのだろう。

完全アウェーな空間に泣きたくなるのをぐっとこらえる柚子を落ち着かせたのは玲夜の言葉だった。

『気を楽にしていたらいい。これは柚子が俺のものになったと惚気るための儀式なんだから』

吐息とともに『俺の柚子』と耳に囁かれれば、もう玲夜以外のことは考えられなくなる。

玲夜は柚子を落ち着かせようと思ってのことだろうが、その行動は最大限の効果を発揮した。

おかげで緊張がほぐれ、玲夜の言う『惚気るため』の披露宴を楽しむ余裕ができた。

玲夜も始終穏やかな表情で柚子を甘く見つめるので、冷徹な玲夜しか知らない人たちの多くが彼の態度に驚いていたと、式の後に玲夜の母である沙良から嬉々として教えられた。

沙良も息子の門出を大いに喜んでいたようだ。同時に、新たに義理の娘となった柚子のことも温かく迎え入れてくれた。

『名実ともに柚子ちゃんの母親になったんだから、これからはお義母様って呼んでね』

そう優しく微笑みかけられた柚子は、披露宴の間には浮かんでこなかった涙が込み上げてきた。

結婚式に柚子の祖父母は呼んだが、本当の両親は呼んでいない。

呼べるはずがなかった。娘を犠牲にしてでも自分たちのことを優先させる両親には愛想が尽きてしまったから。

きっともう会うことはないだろう。だからこそ、沙良に自分が母親だと言ってもらえたことが嬉しくてならない。

柚子へ向ける眼差しにも、確かな母の情が映っているように感じられた。

ともあれ、無事に夫婦となれた柚子はそのまま新婚旅行に——というわけにはいかなかった。

ただでさえ鬼龍院グループの社長をしている玲夜は忙しく、にもかかわらず最近は式や披露宴の準備の時間を作るために仕事の方がおろそかになっていた。

結婚式のために溜め込んだ仕事を捌くため、結婚式と披露宴の翌日も普通に仕事に出かけてしまったのだ。

もちろん、今日もである。

本当はこのままベッドの上でまったりとふたりの時間を過ごしていたかったのだが、新婚気分は終了だと告げるように今度は玲夜のスマホが鳴った。

玲夜は不機嫌そうに舌打ちしてスマホを取ると、そのまま耳に当てる。

「なんだ、高道」

どうやら玲夜の秘書である荒鬼高道からモーニングコールがあったようだ。

怒りを押し殺したように「分かっている」と返事をしながらも柚子を離さない玲夜は、電話を切った後も柚子を抱きしめたまま。

「まだ起きなくていいの？　高道さんからでしょう？」

「ああ。新婚だと分かっていて頭の固い奴だ。あいつが結婚した時にはちゃんと休暇をやったのに、俺には一日も与えられないなんて不公平だと思わないか？」

柚子に問われても仕事のことは分からないのでなんとも答えられないが、玲夜が休める状況でないのは確かなようだ。

　披露宴翌日は休むと言って聞かず、寝室に朝食を持ってこさせて柚子と引きこもっていたら、高道が乗り込んできたことがあった。それほどに仕事が立て込んでいるらしい。

　その日以降、玲夜を放っておくと自主的に新婚生活を満喫してしまうので、高道からのモーニングコールが始まったのである。

「仕方ない」

　まるで玲夜が動いていないのを見越したように鳴り始めた二度目のコール音に深いため息をついてベッドから起き上がる。

　玲夜に続いて柚子も抜け出すと、自分の部屋へ着替えに向かった。

　そこには子鬼たちと、黒猫のまろと茶色の猫のみるく。そして龍が待ちかまえていた。

「あーいあーい」

「あーい」

　ぴょんぴょんと跳ねる子鬼は、それぞれ手に色違いの甚平を持っていた。

「子鬼ちゃん。今日はその服にするの？」

「する～」

「昨日は青だったから赤なの～」

それらは披露宴に参加した元手芸部部長から結婚祝いとしてたくさん贈られたものだ。

普段は甚平を着ていることから作ってくれたものだったが、なぜ子鬼に結婚祝いを渡すのか。子鬼の結婚式ではないと何度も言っているのに……。

そうツッコむ前に、いつも同じ服でいさせるなんてもってのほかだと柚子がお叱りを受けてしまった。

そもそも普段子鬼たちが着ている甚平は、人が作った服とは違い子鬼を作った時の付属品みたいなものなので、玲夜の霊力によってできているらしい。

なので、汚れたり破れたりしても霊力で修復される、かなり高性能な服なのだ。

元部長から贈られた服はたくさんあるが、やはり最後は自分たちが作られた時に着ている甚平に着替えることから、その服が気に入っているのだなと思っていた。

しかし、どうやら甚平という服が好きなだけらしく、元部長からもらった甚平を日替わりで着て楽しんでいる。

これは柚子も予想外の反応で、もっと早く用意してあげればよかったと後悔した。

そんな何年にもわたる誤解が解けたのも、子鬼が言葉を理解できるだけでなくしゃべることができ、意思疎通が図れると知ったからだ。

言葉を話せなかった理由が玲夜のやきもちと知った時は本当にあきれたが、子鬼にすら嫉妬してしまう玲夜をかわいらしく感じる。

しかし、玲夜をかわいらしいと評するのは柚子ぐらいだろう。

「うんしょ、うんしょ……」

「着たー」

「今日もかわいいね」

着替えた子鬼を撫でてから写真に撮ると、元部長に送信してあげる。きっと朝から子鬼の愛らしさに悶えるに違いない。

今後は定期的に甚平を作って送ってくれるらしい。

最初こそ断っていた柚子だが、元部長の熱意はすさまじく、玲夜が興味を示した。月に数着、子鬼の服を製作する代わりに報酬を出すと、玲夜と個人契約したのである。

契約金はさすが鬼龍院だと驚く破格の金額だったが、なんだかんだで玲夜も子鬼のことを大事にしているからだろうとなんとも微笑ましかった。

とはいえ、実業家としても厳しい目を持つ玲夜を動かすとは、元部長もただ者ではない。

話によると、有名服飾メーカーのデザイナーとして就職予定だとか。面接で元部長の作った服を着た子鬼の写真を見せながら子鬼と服への愛を訴えたのが決め手だというのだから、子鬼への想いは果てしなく大きいようだ。

『童子たちよ、我のリボンも結んでくれ』

「あーい」

「あいあい」

子鬼たちが毎日違う甚平を着るようになったからか、龍もファッションに目覚めてしまった。

玲夜に一年では使い切れないほど大量のリボンをねだり、毎朝どれにしようかと悩んでいる。

当初、飾りなど必要ないと自分の鱗の美しさを語っていたのはどこのどいつだと問い詰めたい。

そんな龍とは別に、同じ霊獣でもまろとみるくはまったく興味がなさそうに大きなあくびをしている。

だが、結婚式で柚子が首に結んであげたリボンは大事に隠していると龍が教えてくれ、ほっこりした。

龍が子鬼にリボンを結んでもらっている間に柚子も着替えると、食事を食べる部屋へと向かう。

後ろからトコトコついてくる子鬼と猫たち。

龍は我先に行ってしまった。

彼の目的は分かっている。すでに玲夜が待っていた部屋には、これまでなかった新品の大きなテレビが設置されており、先に来ていた龍がリモコンを我が物顔で独占してチャンネルを変えている。

朝の情報番組を見るのが最近のブームらしい。

それなら柚子の部屋で見ればいいものを、加護を与えているのだからと家の中でもストーカーのごとく柚子のそばにいたがるから困ったものだ。

さすがに玲夜との時間を邪魔するような無粋な真似はしないが、食事の席では龍だけでなく子鬼からまろとみるくまで勢ぞろいする。

まろとみるくは柚子専属の使用人である雪乃からごはんをもらっている一方で、龍は特に食事をしなくても問題なく、柚子たちが食事の間は暇を持て余すことから、部屋にテレビを置くよう要求したのが始まりだった。

テレビを買ってもらう代わりになにやら玲夜と取引をしたようだが、柚子は内容を知らない。尋ねても教えてくれないのだ。

玲夜の頼み事なのでおかしなことはしないだろう。しかし、なんとなく仲間はずれにされたようで寂しい。

龍はお決まりの番組にチャンネルを合わせると、ニュースを見ながら解説者の話にコメントしている。

『うーむ。なんとはた迷惑な奴がいるものだな。こういう者は法でびしっと成敗せねばならん。びしっと！』

「あーい」

「あいあい」

ひとりテレビに向かって文句を垂れ流す龍に子鬼が時々相槌（あいづち）を打っている。

それを横目に柚子は「いただきます」と手を合わせてから食事を始めた。

「玲夜は今日も帰りが遅くなりそう？」

具が沈殿したお味噌汁（みそしる）を箸でかき混ぜながら玲夜に問いかけると、うんざりしたような表情で肯定した。

「ああ。仕事が溜まっているらしい」

「式の準備とかで休みを取ったから仕方ないと思うんだけど、さすがに忙しすぎない？　体調には気をつけてね？」

「あやかしは丈夫だからそこは問題ない」

あやかしは見た目だけでなく、体の丈夫さや五感においても人間より優れているのだ。その上霊力を扱えるのだから、人間からしたら反則みたいな存在である。なんとも羨ましい。

「忙しいのは式の準備で仕事を休んでいたからだけじゃないからな」

「なにかあるの？」

聞いたところで柚子には分からない話なので濁されるだろうと思ったら違った。

「一龍斎が原因だ」

首をかしげる柚子の横に、テレビよりこちらが気になった龍が移動してきた。

『一龍斎がなにかあるのか？』

過去、一龍斎の一族に囚われていた龍は彼らの話題には敏感だ。

「龍の加護を失い、当主の失脚もあって一龍斎関連の会社は衰退の一途だったが、半数以上の会社を売りに出すことにしたようだ。外資系企業も手を上げる中、その大半をうちが吸収することになった」

「ええ、そうなの？」

「ああ。それもあって、今忙しくしている。一龍斎はもう駄目だろうな。まさか数年で崩れるとは、いかに龍の加護に頼っていたかが知れるというものだ」

『うはははっ！　なんとも愉快痛快』

龍がご機嫌でグルグルと部屋の中を飛び回っていると、黒目をランランと輝かせたまろがタイミングよくジャンプして、猫パンチで叩き落とした。

『ぎゃー！』

「アオーン」

「にゃんにゃん」

こっちにもよこせとばかりにみるくも参戦するのを、子鬼たちが慌てて止めている。放っておいたら引きちぎりかねない勢いだった。

子鬼たちになんとか救出され、ボロボロになった龍が柚子の肩に乗る。

『ひどい目に遭った……』

「学習しないからでしょう」

まろとみるくの前でうにょうにょと動けば、狙ってくださいと言っているようなものなのに、龍は未だに理解していない。

『それよりもだ！　一龍斎の本家の屋敷はどうなっておる？』

「屋敷だと？」

玲夜の眉間に皺が寄る。なんの話だと言いたげな表情だ。

『そうだ。それだけ落ちぶれたのならば当主が住んでいた本家の屋敷を手放してはおらんのか？　あそこは土地が広大だから維持にも金がたくさんかかるであろう』

「いや、そこまでの情報は来ていない」

『ならばすぐに調べるのだ。そして、売りに出されていたらなにがなんでも買い取ってくれ。そなたならばできよう』

「なにかあるのか？」

龍にとっては近付きたくもない憎き一族の総本山だろうに、そこまで気にするとは普通のことではない。

玲夜の顔の険しさが増す。

『大事なものがあるのだ。今となっては奴らも覚えてはいないが、決して他人に渡せぬ重要なものが』

それがなにかは明言しなかったが、玲夜はその場で高道に電話して調べるように伝えていた。


食事を終えてお茶でひと息ついていると、雪乃が部屋に入ってきた。

「奥様」

玲夜と結婚したことで名実ともにこの屋敷の女主人となった柚子は、使用人たちからの呼び方が『柚子様』から『奥様』へと変わっていた。

未だに慣れず、なんとも言えないむずがゆさを覚える。

最初に呼びかけられた時には挙動不審になってしまい、使用人たちから微笑ましげな眼差しで見られ、それが余計に恥ずかしかった。

とはいえ、呼び方以外で変わったところはなく、周りの態度も玲夜の溺愛ぶりも相変わらず。

玲夜に至っては会社で相当機嫌がよいと高道から教えられた。

結婚を祝う言葉を口にされるとその日一日社員にも優しくなるそうで、仕事の進みが早くやりやすくなったと感謝された。

だが、正直に言うと柚子の方は結婚したという実感があまりなかったりする。

もちろん式をした記憶は鮮明に残っているのだが、元より結婚しているのと変わりない生活を送っていたので仕方ない。

なにか結婚したと実感できるものが欲しいなと思う今日この頃。

実感できる行事なら、新婚旅行が一番に頭に浮かぶ。玲夜の忙しさゆえに行けていないから余計にそう思うのだろう。

もしふたりきりで旅行に行けたら新婚気分を味わえるかもしれない。

実は旅行のパンフレットを集めていたが、今ですら休みが取れないほど忙しい玲夜に旅行に行く時間が取れるはずもないと分かっているのでこっそり隠している。

けれど結婚したなら旅行には行きたい。考え始めると行きたくて仕方なくなってきた。

式の翌日も出社してしまった玲夜に新婚旅行はどうするのかと言い出せずにいたが、

一度駄目もとでお願いしてみようか。

いや、忙しい玲夜を自分の我儘で煩わせるわけにはいかないと、柚子は自分を律する。玲夜と結婚できただけで十分幸せなのだから。

どうも最近の自分は多くを望みすぎている気がする。

それだけ玲夜に甘えているということなのだろうが、甘えるのがいいのか悪いのかは判断に困るところだ。

「どうした、柚子？」

無意識のうちに玲夜を凝視していた柚子ははっと我に返り、ぶんぶんと首を横に振った。

「なんでもない！　雪乃さん。なにか用事ですか？」

無理やり意識を雪乃へ向けると、彼女から手紙を渡される。

「今朝こちらが届いておりました」

「手紙？」

誰からだろうと差出人の名前を探すが封筒のどこにもなく、代わりに撫子(なでしこ)の花と狐(きつね)の絵が描かれていた。

不思議に思い封を開けて中を見ると、そこには日時と参加の可否を問う文字のみ書かれた便箋が一枚入っている。

「これだけ？」

もう一度封筒の中を確認すると狐の形の折り紙が出てきた。

「狐の折り紙……？」

もう一度見てみるが、やはり他にはなにも入っていない。

差出人も日時の意味も分からず、柚子は首をかしげる。

「どゆこと？」

「柚子、少し見せてくれ」

「うん。はい」

玲夜に手紙を渡せば、封筒と中に入っていた便箋に目を通すとすぐに返ってきた。

疑問符を浮かべる柚子とは違い、玲夜は心当たりがあるようで小さく笑う。

「なるほど。とうとう柚子にも来たか」

「玲夜はこの手紙がなんなのか知ってるの？　差出人もないし、普通に怖いんだけど」

「そう言うな。狐と撫子の花で思い浮かぶ人がひとりいるだろ？」

「狐と撫子？」

そんな人に覚えはないと言おうとして柚子はあっと声をあげる。

「妖狐(ようこ)のご当主！」

どうやら正解だったようで、玲夜がこくりと頷(うなず)く。

「えっ、でもどうして妖狐のご当主から手紙が？」

妖狐の当主、狐雪（こせつ）撫子。

何度かあやかしの宴やパーティーなどで挨拶をしたことはあるが、特別親しい間柄というわけではない。

そもそも撫子自体があまり人の集まるところに姿を見せないのだから、親しくなりようがない。

日時の意味も不明だ。すると、玲夜がまた柚子に分からない単語を発する。

「花茶会（はなちゃかい）のお誘いだろう」

「花茶会？」

柚子には聞いたことがないものだ。

「あやかしに嫁いできた人間の花嫁を集めて定期的に開かれる女だけの茶会だ。妖狐の当主と母さんが主宰者でな」

「沙良様……じゃなくて、お義母様も？」

「ああ。あやかしに嫁いだ花嫁のために、母さんと妖狐の当主が始めたものだ。人間があやかしに嫁いでくるのはいろいろと気苦労も多いだろうから相談できる場が必要だと言ってな」

玲夜はわずかに苦い顔をする。

「他家の花嫁のことなど気にする必要はないだろうにと他人事でいたのに、まさか俺にも関わってくるとは当時は思わなかったな。きっと柚子が正式に俺の妻となったから花茶会の案内状を送ってきたのだろう」

「ということは、他にも花嫁が参加するの？」

柚子は透子以外の花嫁とはあまり会ったことがない。片手の指で数えられるほどだろう。

それなりにパーティーに出席している割には少ない数だった。

まあ、あやかしの世界に現在花嫁がどれだけいるのか知らないので比べられないのだが。

「ああ。よほどの理由がない限りは主宰者と花嫁だけの茶会だ。あやかし界すべての花嫁が呼ばれるわけではなく、毎回顔ぶれが違うらしいがな。問題なのは、花嫁の夫でも閉め出されるということだ」

「じゃあ、玲夜は一緒に来られないの？」

「そうだ」

それを聞いて激しく不安になる。

というのも、今までいくつかのパーティーに参加はしたが、そのどれも玲夜が常にそばにいてくれた。柚子ひとりで社交することは一度もなかったのだ。

「玲夜がいなくてちゃんとできるかな……」

自分のせいで鬼龍院の名を貶めてしまうことを柚子は気にしている。

しかも相手は玲夜ですら礼節を重んじる妖狐の当主で、彼女が主宰する茶会だというのだから、柚子の緊張度もうなぎ登りだ。

「気楽な茶会らしいから、そう気負う必要はない。母さんが発案者のひとりという時点で、腹の内を探り合うような小難しい集まりになることはないだろう」

沙良に対してかなり失礼だが、柚子は思わず納得してしまった。沙良なら本当に花嫁のことを思って開催しているだろうと。

「場所は妖狐の当主の屋敷だ。気が乗らないなら俺からうまく断っておくがどうする？」

「うーん……」

玲夜が一緒ではないことに不安と心細さがあるが、花嫁だけの茶会というものに興味もあった。

「お義母様もいるの？」

「ああ。主宰者のひとりだからな。それに、毎回桜子を手伝い人として連れていっているらしい」

柚子にとっては嬉しい情報だ。いつもそれとなく柚子をサポートしてくれる桜子がいるのは心強い。

「じゃあ、行ってみようかな。お義母様と桜子さんがいるなら安心だし」

「そうか。なら、その狐の折り紙に参加すると答えてみろ」

「えっ、折り紙に向かって？」

「ああ」

戸惑いながら手にした狐の折り紙に向かって「参加します」と告げる。

すると、折り紙が一瞬で形を変え、手のひらサイズの子狐になった。

柚子はあまりのことに声が出ない。ハクハクと口を開閉している間に、柚子の手に乗っていた狐は手から飛び下りて歩いていき、スッと姿を消した。

その様子に驚いているのは柚子だけ。

玲夜も、その場にいた雪乃を始めとした使用人たちも平然とした顔で見ている。

「ななな、なに、今の!?」

ひとり動揺する柚子を周りは微笑ましい眼差しで見ており、玲夜もクスリと笑った。

「妖狐の当主の妖術だ。見るのは初めてか？」

「ようじゅつ……」

すぐに理解するのは難しかったが、玲夜に「子鬼のようなものだ」と説明され、すんなりと受け入れられた。

「なるほど」

柚子はテレビに夢中の子鬼に目を向ける。

子鬼は玲夜の霊力によって生み出された使役獣。霊獣三匹分の霊力を分け与えられたせいで、普通の使役獣と言っていいのか分からないぐらいに強いけれど。

恐らく先ほどの狐も同じように霊力で生み出されたものなのだろう。

「さすが、あやかしの当主」

柚子の常識の範疇を軽く超えてくる。

「今ので参加するって伝えられたの？」

「ああ。先ほどの狐が当主に伝えるだろう。あとはその紙に書かれている日に当主の屋敷に行けばいい」

「そっか」

納得したところで柚子は大事なことに気付く。

「服装は？　なに着ていけばいいの！」

「なんでもいいだろ」

「よくないよ！　洋装なの？　和装なの？」

鬼の当主夫人と妖狐の当主の茶会に普段着でいけるはずがない。フォーマルな服を用意しなければならないが、和装か洋装かでも変わってくる。

柚子の記憶の限りでは撫子はいつも和装だったが、沙良は和装だったり洋装だったりとさまざまだ。どちらに合わせるべきなのか、初めて花茶会に呼ばれた柚子が判断できるはずもない。

悩む柚子に玲夜が助言する。

「後で桜子に聞いてみたらどうだ？」

「そうか、桜子さん！」

花茶会に手伝いで参加しているというなら、場の雰囲気もよく知っているに違いない。

なんと頼りになるのだろうか。

「後で電話してみる」

「ああ」

ようやく話もまとまったところで、玲夜は腕時計に視線を落とすと面倒くさそうにため息をついて立ち上がった。

「残念ながら時間だ」

「そっか……」

新婚なのに長く一緒にいられないもどかしさに気落ちする。

しかし、我儘を言ったところでどうにかなる問題でもない。

心の中で一龍斎に恨み言をつぶやくにとどめ、惜しみながら玲夜を玄関まで見送る。

「そんな寂しそうな顔をするな。離れたくなくなる」

そっと頬を撫でられれば、すりつくように頬を寄せる。

「できるだけ早く終わらせて帰ってくる」

「うん……。いってらっしゃい。頑張ってね」

「ああ、いってくる」

そのまま出ていくのかと思えば、玲夜はなにやら考え事をするようにじっと柚子を見つめる。

「柚子、今の仕事が一段落ついたら――」

「ついたら？」

玲夜はなにかを言おうとして、途中で止めた。

「いや、なんでもない。それよりも学校の準備はできているのか？」

「うん。ばっちり」

「そうか」

玲夜は今にも舌打ちしそうな不愉快げな顔で眉をひそめる。

「そんな不機嫌な顔しないでよ。玲夜も納得してくれたでしょう？」

「納得はしてない。今からでもやめたいなら遅くないぞ」

「また、そういうことを」

柚子は苦笑する。

なんだかんだありながらも料理学校に行くことを許してくれたと思っていたが、やはり自分の目の届かないところで柚子が活動しているのは気に食わないようだ。

それでも無理に止めたりはしないし、学費も柚子が自分で払うつもりだったのに玲夜が払うと言って聞かなかった。

柚子が学校に行くのを嫌がってはいても、柚子の生活に関わるすべてに手を出さずにはいられないらしい。

玲夜なりの葛藤があるのだろう。

最初こそ支払いを拒んでいた柚子も、それで納得してくれるならと玲夜に甘えることにした。

「まあ、その話はまた今度だ」

学校の話になると平行線をたどるのは目に見えているので早々に切り上げ、玲夜は柚子の頬にキスをしてから出社していった。

玲夜が出かけると、柚子は次に自分の準備を始める。

今日は猫田家で、友人である透子と雪女のあやかしである白雪杏那の三人で女子会をする予定なのだ。

女子会といっても、透子を花嫁に選んだ猫田東吉(とうきち)はなんだかんだで顔を出すだろうし、杏那の恋人で柚子の友人でもある蛇のあやかしの蛇塚柊斗(へびづかしゅうと)も来る。

柚子たちが女子会をしている間、東吉たちは東吉たちで男子会をするらしい。

そして結局最後は皆集まって騒ぐことになるのだろう。

披露宴では招待客が多く、ひとりずつゆっくりと歓談できなかったので、柚子はこの日を楽しみにしていた。

披露宴の時に撮ったアルバムを鞄(かばん)に詰め、柚子も屋敷を出る。

当然のように柚子の両肩には子鬼がおり、腕には龍が巻きついている。言わずともついてくる柚子の大事なボディガードたちだ。

「あいあい」

「あーい」

子鬼たちは見慣れた道のりだろうに、車の中から流れる風景を見てぴょんぴょんはしゃいでいる。

そこらのあやかしぐらいなら軽く吹っ飛ばしてしまう力を持つ子鬼たちの精神年齢は幼い。まあ、そこがかわいいのだが。

『童子たちよ、騒ぎすぎて頭をぶつけるでないぞ』

「あーい」

「あい！」

いつもはまろとみるくに追いかけられている情けない龍も、子鬼と接する時はまるで保護者のようだ。

玲夜の屋敷——結婚したので今は柚子の屋敷と言っても差し障りないだろう——から、そう遠く離れていない猫田家には車で数十分もすれば着く。

透子が花嫁に選ばれた時から何度も遊びに来ている柚子のことは、猫田家では知らぬ者などいない。柚子が顔を見せたらすぐ中に通してくれる。

「お邪魔します」

柚子も猫田家の使用人に挨拶をしつつ、勝手に透子の部屋へと向かっていく。

それだけ柚子がこの家に馴染んでいる証拠だが、実際のところ玲夜の花嫁となった当初は鬼の気配を怖がられて誰も案内どころか近付いてすらくれなかったので、仕方なくひとりで向かうしかなかったのだ。

そんな猫田家も、玲夜がちょこちょこ訪れることでだいぶ鬼に慣れてきたようで、突然の玲夜の来訪にも驚かなくなっているとか。

最初は阿鼻叫喚、蜂の巣を突いたような騒ぎだったのが嘘のようだ。慣れというのは恐ろしい。

そんなこんなでたどり着いた透子の部屋の扉をノックする。

「はーい」

「透子、来たよ」

「あー、柚子ね。ちょっと待って、手が離せなくて」

しばらく部屋の外で待っていると、扉が開く。

中から出てきた女性の使用人がニコリと微笑んで会釈をしてから去っていった。

彼女の腕に透子と東吉の第一子である莉子がいたのを柚子は見逃さなかった。

「あ~、莉子ちゃん行っちゃった」

莉子を抱っこしたいなと楽しみにしていたので、連れていかれて残念である。

「柚子、もう入っていいわよ」

透子からのお許しが出たので意気揚々と部屋に入る。

「お邪魔しまーす」

「いらっしゃい」

「あーい」

「あいあーい」

自分たちもいるぞと子鬼がかわいらしく自己主張すれば、透子も顔をほころばせる。

「子鬼ちゃんたちもいらっしゃい」

「ねえ、透子、莉子ちゃんは？」

「さっき母乳をあげてたのよ。飲んだらお腹いっぱいになったみたいで寝ちゃったから連れていってもらったわ。ここは莉子を世話してくれる人がいるからほんと助かるわね。むしろ世話されすぎて私が母親だと忘れられないか心配するぐらいよ」

「莉子ちゃんがかわいいから取り合いになってるのね」

クスクスと柚子が笑えば、透子も苦笑する。

「それ洒落（しゃれ）になってないわよ。使用人の間で莉子用シフトってのがあるらしくてね」

「莉子ちゃん用？」

「莉子の世話をする順番を決めたシフトよ。誰が夜中にミルクをあげるか、抱っこするか、遊び相手になるか取り合いになってるらしいわ。まあ、念願の花嫁から生まれた霊力の強い子供だから皆が大事にするのは分かるんだけどね。にゃん吉の両親も毎日莉子に玩具買ってきて溺愛してるし、母親の出る幕ないって感じ」

「でも、育児疲れとは無縁そうだね」

一般家庭では使用人なんて存在、普通はいないのだから。

「ええ。夜は交替で見てくれるおかげで夜泣きに起こされて睡眠不足になることもないから体調も絶好調よ。使用人の中には育児のベテランママさんもいるから助言ももらえるし、ほんとに恵まれてるって最近よく思うわ」

しみじみとした口調の透子の様子に、よほど助かっているのだろうと感じる。

「柚子もその時が来たら、きっとありがたみがよく分かるわよ」

「そうかも。でも子供ができたら玲夜がどうなるやら、そこが心配かも」

透子の場合は東吉が親馬鹿に豹変(ひょうへん)したが、玲夜が自分の子供にデレデレになっている姿が想像できない。かわいがってくれるとは思うが。

「あー、確かに若様は不確定要素が多すぎるわね。でも、しばらくは新婚を満喫するんでしょ?」

「うん。私も料理学校に行くしね」

「ならその時が来たらどうにかなるわよ。子供のおかげで親も成長するんだから」

「さすが新米ママさん。言うことが大人になったね」

ふふんとドヤ顔の透子。

柚子はふとテーブルの上に視線を移して目を見張った。

「透子、それ」

柚子が指さしたのは、テーブルの上に乗った手紙だ。見覚えのある狐と撫子の花の絵が描かれた封筒は、すでに封を切られている。

「ああ、それね。にゃん吉が言うには花茶会のお誘いだって。その様子だと、もしかして柚子にも来た?」

「うん。透子は参加するの？」

「猫又の花嫁が妖狐の当主のお誘いを断れるわけがないでしょ」

「確かに」

透子は軽快に笑っているが、あやかしの世界で猫又の地位は決して高くない。

それ故に気苦労も多いという。

だが、妖狐の当主に気を遣わなければならないという点では柚子も透子とそう違わない。

妖狐の当主は、玲夜ですら気を配らないといけないほどあやかしの世界で確固たる地位を築いているのだ。

なので、透子が口にした『当主のお誘いを断れるわけがない』というのは、柚子が失念していたことだ。

沙良と桜子がいるから参加を選んだが、断ったら失礼ということまで気が回らなかった。

不参加にせずによかったと胸を撫で下ろす柚子だった。

「じゃあ、透子にも狐の折り紙入ってた？」

「ああ、あれね。マジでびびったわ。猫田家ではあやかしらしい力を見せられたことがあんまりないんだもの。柚子のおかげで不思議体験してなかったら腰抜かしてたわね」

あやかしといっても猫又はあまり霊力が強くないので、人外の力を目にする機会はほぼないという。

反対に、柚子の周りには玲夜の作った子鬼を始め、龍のような霊獣や人ならぬ力を目にする機会が多いので透子も耐性がついていたようだ。

しかし、鬼の作る炎を何度も見たことがある柚子からしても、折り紙が狐に変わるのは驚きだった。

「私もびっくりした。普通の折り紙だったもの。玲夜によると子鬼ちゃんみたいなものなんだって」

「らしいわね。にゃん吉に同じようなことしてって頼んだけど、霊力が足りんって拒否られたわ。いまいちその辺りのこと私じゃ分からないのよね」

猫又は弱く鬼は強いと大雑把なことは分かるが、なにができて、なにができないかを人間である柚子や透子が理解するのは難しい。

「私も子鬼ちゃんみたいな使役獣が欲しかったわ。花嫁を得たあやかしは霊力が強くなるらしいんだけどねぇ。そもそもが弱いから焼け石に水らしいわ。若様はどう？」

「そんなの私に分かるわけないじゃない。霊力なんて言われても感じたことないもん」

「そりゃそうだわ。そういう話も花茶会に行けば教えてもらえるのかしら？」

「花嫁のための集まりらしいから、教えてもらえるかもね」

　これまでに抱いてきた疑問が解消されるかもしれない期待感とともに、透子が一緒だということがなにより嬉しい。

「なんにせよ、透子が一緒みたいで安心した」

「それはこっちの台詞よ。妖狐の当主の家でお茶会なんて、考えただけで胃が痛くて仕方なかったもの。柚子がいてくれるだけで心強いわ。なにか粗相があったら助けてね」

「その前に私が粗相しそうで怖い。そしたら誰に助けを求めたらいいか……」

「言っとくけど私は無理よ」

　そこは嘘でも自分が助けると言ってほしいが、正直な透子は素っ気なく切り捨てる。

　すると、子鬼が柚子と透子の前に飛び出してきた。

「あーい」

「あいあい！」

　ドンと胸を叩いて任せろと言わんばかりの表情の子鬼にほっこりするが……。

「気合いを入れてるところ悪いんだけど、花嫁だけのお茶会だから子鬼ちゃんたちは中に入れないかもよ」

　透子が言いづらそうに告げた言葉に、子鬼はガーンと激しくショックを受けている。

子鬼だけでなく、聞き捨てならない者がもう一匹。

『なに⁉　それは我もか！』

龍がずいっと透子の前に身を乗り出す。

「たぶん。私もにゃん吉に聞いただけだから、詳しいことは若様に聞いた方が早いと思うわよ」

『これは一大事！　童子たちよ、作戦会議だ』

「あいあい！」

「あい！」

子鬼たちは慌てて部屋の隅でなにやら話し始めた。

龍たちを一瞥してから柚子は透子に問う。

「透子は服装どうするの？」

「いや、私もどうしようか気になってたのよ」

よくぞ聞いてくれましたというように透子が身を乗り出す。

「妖狐のご当主の家に普段着ってわけにもいかないでしょうし。柚子はどうするの？」

「私も困ってて。いつもお手伝いで桜子さんが参加してるらしいから電話して聞こうかなって思ってるの」

「なら今連絡してよ。私も教えてほしいから。場違いな服で行ったことでにゃん吉に迷惑かけちゃうの嫌だし」

「だよね」

玲夜はなんでもいいだろうという姿勢だが、普通はすごく気になる問題だ。

透子も教えてほしいようだしと、柚子はその場で桜子に電話することにした。

数度のコール音の後、桜子が電話に出た。

「もしもし、桜子さん」

『あら、柚子様。どうなさいましたか？』

「実は、妖狐のご当主から花茶会の案内状が届いたんです。そこで桜子さんにおうかがいしたい問題がありまして……」

『まあ、今回は柚子様もご出席されるのですね。私でお答えできることでしたらなんなりとおっしゃってください』

柚子が参加すると聞いて若干声の調子が弾んだ桜子に、柚子は率直に聞いた。

「当日の服装なんですが、和装か洋装かで迷ってるんです。玲夜に聞いてもはっきりしなくて、桜子さんに相談を」

すると電話口の向こうから小さな笑い声がする。

『玲夜様はそういうものに無関心ですからね。熱意を見せたのは柚子様の衣装を選ばれた時だけですから』

　これには柚子も言い返せない。普段の服だけでなく結婚式の衣装ですら玲夜は自分のものには関心が薄く、その反面、柚子の衣装には散々口を挟んできたのだから。

『服装は皆様フォーマルな格好をされますよ。どちらかというと洋装より和装の方が多い印象でしょうか。ですが、招待客がどちらを選んでも気まずくならないように、毎回沙良様が洋装で、撫子様が和装で出席されますよ。ですから気にせずお好きな方をお選びになったらよろしいかと思います』

「そうなんですね。ありがとうございます！　助かりました」

　話の途中でツンツンと服が引っ張られたのでなにかと目を向ければ、子鬼と龍が期待に満ちた輝く眼差しで柚子を見上げている。

『柚子、我らもついていっていいか聞いてくれ』

　こくこくと頷く子鬼たちに促されて柚子も桜子に聞いてみる。

「あー、えっと、桜子さん。その花茶会っていうのは花嫁だけのお茶会なんですよね？」

『ええ。毎回ランダムに選ばれた花嫁様に招待状が送られます。お呼びする出席者も少なく、肩肘張らない大人の女子会のようなものでしょうか』

「子鬼ちゃんや龍を連れていくのは……」

『先ほど柚子様がおっしゃったように花嫁のための集まりですので、基本的に花嫁以外の出席は不可となっております』

　桜子のせいではないのに『申し訳ございません』と遠慮がちな声で謝る桜子に申し訳なくなってきたのは柚子の方だ。

「いえ、そういうことなら仕方ないですね。ちゃんと言って聞かせます。ありがとうございました！」

『どういたしまして。また分からないことがありましたらお電話ください。花茶会でお会いするのを楽しみにしておりますね』

　最後まで品のいい桜子との電話を切り、柚子は告げなければならない。

「やっぱり子鬼ちゃんも龍も連れていっちゃ駄目だって」

『なんと！』

「あい!?」

　なんで!?という顔の子鬼と龍には悪いが、駄目なものを柚子の我儘で押し通すわけにはいかない。

「ごめんね。残念だけど当日はお留守番しててね」

「あーい……」

「やー……」

　しょぼんと落ち込んだ子鬼はかわいそうだが仕方がない。

「透子、服装はフォーマルなら和装でも洋装でもいいみたい」

「ありがと。じゃあ久しぶりに着物でも着ようかしら。柚子もせっかくだから着物の色を合わせましょうよ」

「うん。それいいね」

問題が解決したところで、タイミングよく杏那の来訪が使用人から伝えられる。

すぐに柚子たちがいる部屋へと通された杏那は、柚子たちを見てはにかんだ。

さすがあやかしだけあって、柚子や透子では及びもしない容姿のよさだ。雪女特有の白い髪は、小柄な杏那の愛らしさを存分に引き立てている。

「いらっしゃい、杏那ちゃん」

「お招きありがとうございます」

「堅苦しい挨拶はいいから、座って座って」

透子に勧められるままに座った杏那に、子鬼たちが挨拶をしにトコトコと向かう。

「あいあい」

「あーい」

「こんにちは。相変わらず柚子さんのSPはかわいらしいですね」

杏那に褒められて照れる子鬼たちを微笑ましく眺めている間に、透子が杏那の前にお茶を置く。

「ありがとうございます」

「いえ、柊斗さんも一緒です。蛇塚君は一緒じゃないの？」

「どういたしまして。けれど、玄関で東吉さんに連れられていってしまいました」

「なんだ、じゃあ、こっちはこっちで女子会しましょう」

そう言うと、透子はテーブルの上にどんどんお菓子を載せていく。

「透子、ちょっと多すぎない？」

「大丈夫よ。そこに大食漢がいるから」

透子が指をさしたのは龍だった。

確かにこの龍は食べなくても問題ないというのに、酒と聞けば一升瓶をラッパ飲みし、食事だと言えば五人前をペロリと平らげる。

山積みにされたお菓子ぐらいなら平気で食べてしまうだろう。

本当に小さな体のどこに消えていくのやら。未だに謎だった。

特にお酒が大好きなようで、披露宴では次から次に酒瓶を空にし、そのまま酔っ払って謎のダンスを踊りながら各テーブルを回っていっては招待客に絡んでいくという大迷惑な行動を起こした。

そのせいでいくつかの催しができなくなってしまい、スケジュールから演出まで練りに練って考えた高道が青筋を立てて怒りに震える事態に。

その後、龍は怖いほど笑顔の高道に広間から連れ出されると、広間の外からなにやら龍の悲鳴が聞こえ、しばらくするとがっくりと肩を落として戻ってきた。

どうやら酔いも覚めた様子で、子鬼たちに慰められていた。

高道だけは怒らせまいと柚子が誓った瞬間だったが、龍の暴走を止めてくれて助かったとも思う。龍を放っておいたら、披露宴は散々な結果になるところだった。

「柚子も披露宴のアルバム持ってきたんでしょう？　見せてよ」

「うん」

披露宴ではプロの写真家が撮影し、何千枚ものデータの中から柚子が気に入ったものをピックアップして印刷してもらいアルバムにしたのだ。

柚子と玲夜の写真が多く、それ以外には柚子が招待した祖父母や友人が写っている。

鬼龍院の招待客の写真をまとめたアルバムもあったが、正直あまり興味がない。

しかし、披露宴に来てくれた人たちの顔ぶれは今後パーティーなどに出席する時のため覚えていた方がいいと、高道が気を利かせてまとめてくれたのだ。

さすが、玲夜の有能な秘書である。

さらには、その妻の桜子がアルバムに分かりやすく説明を入れてくれていたので、今後かなり重宝するだろう。

アルバムをめくりながら話に花を咲かせる柚子たち。

「若様はなに着せてもイケメンね。友達全員、若様が入場してきた途端に黄色い悲鳴をあげて写真撮りまくってたもの。アイドルの撮影会かってね。まあ、その中には私も含まれてるんだけど」

これには柚子も苦笑いする。

柚子の友人たちだけではなく、鬼龍院側の席からもフラッシュが止まらなかったのだ。

「皆、私じゃなくて玲夜を撮ってたもんね」

「そりゃあ、仕方ないってもんよ。若様の美しさの前じゃあね。けど、柚子も綺麗だったわよ。オーダーメイドだけあってすごく似合ってたもの」

「ありがと」

とってつけたような賛辞に悲しくなるが、自分が招待客の立場だったら同じことをしているだろうなと思うので怒るに怒れない。

「若様って披露宴ではタキシードだったけど、本家で行った式は和装だったんでしょ？」

「うん」

柚子は鞄から別のアルバムを見せる。こちらは鬼龍院の本家で行われた結婚式の写真がまとめられている。

「こっちも綺麗ね、ふたりとも。あ～、私も結婚式したかったわ」

残念そうに柚子のアルバムに目を通す透子は、莉子を妊娠したことで式はせず、写真しか撮れていなかった。

「だったらにゃん吉君に頼んでみたら？　莉子ちゃんも生まれたことだし、別に後からしても問題ないじゃない。ねぇ、杏那ちゃん？」

「はい。子供が産まれてから式をする方もいますし、全然問題ないと思います！」

杏那にも力強く肯定され、透子もだんだんその気になってきた。

「ウェディングドレス姿を皆に見てもらいたくない？」

「……もらいたい」

「フラワーシャワーに、お色直しやケーキ入刀。着飾った友達にお祝いされながらドレスで写真撮影」

「したいに決まってるじゃないのよぉぉ」

柚子の披露宴を見たからこそ余計に羨ましく感じるのだろう。

「なら、ここはにゃん吉君に直談判するしかない！」

「そうよね。別に柚子みたいな盛大な結婚式は望んでないのよ。家族と友達だけのアットホームな結婚式がしたい！」

それは柚子も同感だ。できればこぢんまりとして和気あいあいとした結婚式にしたかったが、鬼龍院の家格が許さなかった。

その一点においてはちょっと不満が残るものの、式すらできなかった透子からしたら我儘がすぎるだろう。

「よし！　ちょっと言ってくるわ！」

「えっ……」

思いついたらすぐ行動するのが透子である。柚子や杏那が制止する前に、あっという間に部屋を出ていってしまった。

「………」

残された柚子と杏那の間に変な沈黙が落ちる。

「……たぶんしばらく帰ってこないからお菓子食べてよっか」

「あっ、はい」

お菓子をもぐもぐと食べているとふと気になった。

「そういえば杏那ちゃんたちはどうするの？」

「どうとは？」

「蛇塚君との結婚だよ。やっぱり杏那ちゃんが大学卒業したら結婚するの？」

なんの気なしに聞いた質問だったが、問いかけた直後に杏那の顔が真っ赤に染まっていく。

「なな、そん、そんな、わたっ私が柊斗さんと結婚!?」

激しく動揺する杏那。

「そんなに驚かなくても、杏那ちゃんならいい奥さんになると思うな」

「ひぅ！　柊斗さんの奥さんになるなんてっ！　そんなそんな、恥ずかしい～っ!!」

その瞬間、杏那から大量の冷気が噴き出し、部屋の中を一気に冷凍庫にしていく。

『ぬあぁぁ！』

「あいー！」

「あいあい！」

慌てる龍と子鬼たち。

もちろん柚子も急いでコートを引っ掴んだが、着てきたスプリングコートでは杏那の冷気から体を守れない。

杏那対策を怠っていたと激しく後悔したところで部屋の扉が開かれ、東吉が顔を見せた。

「おい、柚子。透子になに吹き込ん——さぶっ！」

部屋に入った瞬間に寒さに震える東吉が天使に見えた。

「にゃん吉君、助けて……」

続いて顔を見せた透子が、凍える柚子を見て悲鳴をあげた。

「きゃー、柚子が凍死するぅぅ！」

「お、おい、柚子！　蛇塚、早く来い。杏那を止めろ！」

透子の後ろからやってきた蛇塚が杏那のそばに行き、肩に手を置く。

「杏那、杏那」

正気に戻そうと肩を揺すった行動により杏那は蛇塚の存在に気が付いたが、間近にいた恋人のどアップにさらに興奮してしまう。

「ひゃぁぁ！　いつの間に柊斗さんがぁ！」

ここは雪山かと錯覚するような吹雪が吹きすさび、全員遭難しかけている。

「こら、蛇塚！　悪化させてどうすんだ！」

「そんなこと言われても……」

東吉から理不尽に叱られた蛇塚は困ったように眉を下げる。

「柚子、あんた杏那ちゃんになにしたのよ」

「結婚するの？って聞いて、杏那ちゃんなら蛇塚君のいい奥さんになるって……」

歯をガチガチ震わせながら、透子から渡された毛布を羽織る。

「なるほど。私も気になってたんだけど、今度から禁句だわね」

「そうみたい……」

聞くたびに吹雪(ふぶ)かれてはたまったものではない。

結局、杏那が落ち着くまでしばらくかかり、我に返った杏那は無惨に荒れた部屋を見て透子に平謝りだった。

「ごめんなさいごめんなさいごめんなさい！」

杏那に蛇塚の惚気話を聞くのはやめておこうと心に留めた。

# 二章

透子のお宅訪問から約一週間後の、花茶会当日。

柚子は朝食の後、すぐに準備に取りかかったのだが、その顔にはありありと不機嫌さが現れていた。というのも……。

「そう膨れた顔をするな」

透子と相談して決めた淡い黄色の着物を着付けてもらっているそばで苦笑しているのは、普段ならとっくに仕事で屋敷を留守にしているはずの玲夜だ。

「だって、まさか今日に限って玲夜がお休みだなんて聞いてない」

「仕方ないだろう。予定していた会議が取引先の都合でなくなったんだ」

今日一日はその取引先のために空けてあった。そのため、手をつけなければならない仕事がなくなったわけではないが、ずっと仕事で休暇のなかった玲夜をおもんばかって高道が休みにしたのである。

本来なら喜ぶべきことなのに、柚子は花茶会に出席しなければならない。

「こっちも延期したい……」

「かまわないぞ。今から妖狐の当主に使いを出すか？」

意地悪く口角を上げる玲夜は、柚子が今さら拒否できないと理解して言っているのだ。

「そんなのできっこないって分かってるくせに」

透子とのいつもの女子会ならば日にちを変更してもらうが、妖狐の当主を待たせている約束とあっては、今からやめますと言えるわけがない。

「あ～、せめて一日ズレていたらよかったのに。そしたら玲夜とデートしたりできたのにぃ」

頭を抱える柚子を、「動かないでくださいな」と雪乃が叱る。

「すみません……」

着付けをしてくれる雪乃の邪魔をしないよう大人しくなった柚子。

しかし、体は動かなくとも心に渦巻く憤りはすぐには静まってくれない。

「ねぇ、玲夜。花茶会っていつもどれぐらい時間かかるんだろう」

早く終われと言っているみたいで主催者に対して失礼この上ないが、実際に早く終わってくれないかと思っている。

花茶会の開催時刻は正午ちょうど。それからどんな話をしてどれくらいの時間を過ごすのかは、初参加の柚子には分からない。

玲夜ならば知っているかと考えたが、玲夜も詳しくない様子で……。

「さあな。だがそこまで長時間拘束はされないだろう」

「そうかなぁ」

だといいのだが、と失礼な思考になっている自分に気付き、柚子はがっくりする。

「透子も行くからお茶会を楽しみにしてたのに、玲夜が気になって素直に楽しめないかもしれない」

愚痴混じりの言葉がこぼれ落ちると、玲夜がくくっと小さく声を出して笑う。

「そんなかわいいことを言っていると、閉じ込めてしまいたくなるな。やはり行くのをやめるか？」

「玲夜」

笑いの交じった玲夜にじとっとした眼差しを向ける柚子は自分がかなり我儘を言っている自覚があるも、披露宴以降、一日たりとて玲夜と一日中ゆっくりとできた日はないのだから仕方ないではないかとも思う。

貴重な機会がタイミングの悪さで潰えてしまった。

誰かが悪いというわけでもないので、余計に不満の持っていきどころに困る。

「柚子がそうやっていつまでも俺と一緒にいたがってくれればいいんだがな」

「えっ？」

ようやく着付けが終わった柚子が振り返ると、玲夜はどこか寂しそうな目をしていた。

「私どもはこちらで失礼します」

着付けを終えて部屋を出ていく雪乃たち使用人に、慌てて「ありがとうございます！」とお礼を言ってから玲夜に視線を戻す。

「どうしたの、玲夜？」

いつもと少し様子の違う玲夜のそばに行き、メイクを崩さないようにそっとふれてくる彼の大きな手に頬を寄せた。

そうすると玲夜の表情がいつものように甘さを含んで緩み、柚子はほっとする。

「俺も柚子ともっと一緒にいたい。柚子と離れている時間があることが苦痛でならないんだ。だが……」

玲夜はなにか言葉を飲み込んで、彼らしくない怯えをわずかに含んだ眼差しで柚子を見つめる。

「母さんと妖狐の当主がどうして花嫁のための茶会を開くか分かるか？」

急に話が変わって不思議に思いつつ柚子は答える。

「人間はあやかしの世界をよく知らないからじゃないの？」

「それもある。だが、一番は花嫁を旦那から離すためだ」

「えっ？」

玲夜の言葉をよく理解できなかった柚子は首をかしげる。

「あやかしにとって花嫁は大事な存在。真綿でくるむように大事に大事に囲うんだ。人間の中ではあやかしの花嫁に選ばれるのは栄誉だ幸福だと考える者が多くいる。確かにあやかしの多くは裕福で社会的地位も高いから、玉の輿に乗ったと思えば幸せなのだろう」

　不意に玲夜の目の奥がほの暗く光る。

「だが、引き換えに与えられるのは窮屈な生活だ。大事だからと外に出すことなくあやかしの作った箱庭の中で一生を終える。そんな生活に嫌気がさし、夫との生活に息苦しさを感じる花嫁は少なくない。中には愛して結婚したはずの旦那を蛇蝎のごとく嫌う者もいる。逃げようとしても権力すら持ち合わせたあやかしから逃れる術はない」

　玲夜は一拍開けて、続ける。

「そんな花嫁たちの息抜きの場として整えられたのが花茶会だ。花嫁以外の出席を許さない。つまり、花嫁と夫たちを一時的にでも引き離し、花嫁の心を休息させるための時間を作ることを目的としている」

　花茶会にそんな裏事情があったのかと驚く柚子に玲夜は苦しそうに告げる。

「花茶会に呼ばれるのを楽しみにしている花嫁は少なくない。わずかな時間でも自分のためにあつらえられた綺麗な牢獄から逃れられるんだからな。いつか柚子もそんな花嫁たちのように俺を嫌悪の対象として見るようにならないかと不安になる。だが、そうなったとしても逃がしてはやれない。だからどうか、今のままの柚子でいてくれ」

　自嘲するような玲夜の笑みに対して、柚子は満面の笑みを浮かべた。

予想外の反応だったのか、玲夜が目を見張る。

「なら私は大丈夫ね」

「どうしてそう思う？」

「だって、玲夜は私の意志をちゃんと尊重してくれるもの。まあ、料理学校の時はちょっと危うかったけど、本当は嫌なのに最後は私の心を優先してくれたでしょう？花嫁を囲うのが当たり前のはずでも、玲夜はそうしなかった。いつだって私を一番に考えてくれるもの。そんな玲夜だから大好きよ」

今の自分の心のうちを、感謝の念を含んで好意とともに告げる。

玲夜に対するこの愛おしい想いが変わることはないと信じて。いや、時を経るごとに大きくなっていくのを感じながら。

「本当に強くなったな」

もうそこに浮かんでいたのは危うさのある自嘲的な笑みではなく、眩しいものを見るような喜びを感じる微笑み。柚子が好きないつもの自信にあふれた優しい顔だ。

「だから、玲夜の用意する牢獄なら喜んで入るわ。暮らしやすく整えてくれそうだし。でも、牢獄の鍵は私に渡してね」

「鍵を渡したら意味はないだろう」

玲夜はこらえきれない様子で珍しく爆笑している。

「出入り自由じゃないと学校に行けないし、お店もするんだもの」

「きっとこんなに活動的な花嫁は柚子ぐらいだろうな」

「そのせいでいつもにゃん吉君に怒られちゃうんだけどね。『鬼龍院様が不憫だろう！』って。だから、それを許してくれる玲夜の懐の広さを自慢すればいいって私は思うよ」

「そうだな。なら、懐の広い俺は快く柚子を送り出すとしよう」

結い上げられた髪を崩さないように後頭部に手を置いた玲夜に引き寄せられ、熱をもった甘すぎるキスを受ける。すると玲夜の唇には柚子の口紅の色がついてしまった。

「あっ」

気付いた柚子が思わず手を伸ばすがその手は玲夜に握られ、玲夜は親指で自分の唇を拭い、まるで柚子に見せつけるように口紅のついた指を舐めた。

不敵な笑みを浮かべる玲夜から顔を逸らす柚子の顔は口紅のように赤い。

時計を見て、そろそろ透子が来る時間だと逃げるように部屋を出た柚子に雪乃が声をかけて止める。

「柚子様、少しお待ちを」

「なんですか？」

「失礼いたします」

雪乃の手には口紅と筆があり、ささっと口紅を塗り直してくれた。まるでその必要があることを予見していたかのような用意周到さだ。

なにも言わない雪乃の気遣いが逆に恥ずかしい。別の使用人が鞄を持たせてくれたが、彼女たちの顔をまともに見られなかった。

羞恥に震える柚子とは反対に玲夜はひょうひょうとした様子で、雪乃から渡されたちり紙でついてしまっていた口紅を拭っている。

そんな玲夜と玄関の外で待つ。

足下では、不機嫌な様子を隠そうともしない龍と子鬼がうろうろしていた。

『鞄に隠れていたらバレないのではないか？』

「龍は霊力強い」

「すぐバレる」

『うーむ』

などと、どうにかしてついていこうとしている龍を子鬼ふたりが止めていた。

花茶会へは、透子と一緒に鬼龍院の車で行く予定である。

スマホに届いた『もうすぐ着く』というメッセージの通り、何分もしないうちに猫田家の車が到着した。

車から下りてきた透子は柚子と同じ淡い黄色の着物を着ている。

柚子は枝垂桜の上品で清楚な柄で、透子はかわいらしさと華やかさのある白牡丹の柄というようにそれぞれ違うが、まるでおそろいコーデのようだ。

着物の裾に気を遣いながら車から下りた透子は、はつらつとした笑顔で手を振ってくる。

「柚子～。よく似合ってるじゃない」

「透子も綺麗」

「ふふん。馬子にも衣装でしょ」

透子に続いて下りてきた東吉が玲夜に向かって頭を深く下げる。

「鬼龍院様、本日は透子もご一緒させていただくことになりましてありがとうございます」

「気にするな」

相変わらず玲夜を相手には緊張した様子の東吉。

猫又からすれば鬼は気を遣わねばならない相手なのだが、東吉の気遣いは透子には伝わっていない。

「にゃん吉ったら固いわね。もう長い付き合いなんだから気楽にしなさいよ」

「お前はもっと気にしろー！」

くわっと目を剥く東吉はいつか透子が玲夜の逆鱗に触れないか心配なようだが、玲夜は案外透子の気安さを気に入っている節があるので、多少の無礼は目を瞑ってくれると思う。

「うっさいわよ、にゃん吉。それより柚子と一緒に写真撮ってよ」

了承する前に透子は東吉にスマホを渡し、柚子の腕を組んでポーズをする。

東吉は透子への説教をあきらめて、やや疲れた表情でスマホをかまえた。

「ほら撮るぞー」

「いいわよ」

透子とふたり並んで撮られた写真はその場で柚子にも共有される。

「ふたりして着物でお出かけなんて滅多にないから記念になったわね。あっ、若様のところにももちろん送っといたんで」

「ああ。礼を言う」

こういうさりげなく、なおかつ嫌みも下心もない媚び方が玲夜に透子が気に入られているところなのだろう。

「じゃあ、そろそろ時間だし行きましょっか。猫又の花嫁ごときが妖狐のご当主をお待たせしたらえらいことだわ」

「そだね。玲夜、いってきます」

「ああ。なにかあれば母さんか桜子を頼るといい」

さすがに透子たちのいる前で、いつも出かける前にしている挨拶代わりのキスをするのは恥ずかしく、玲夜も柚子のシャイな性格をよく理解しているので無理強いしたりはしない。代わりに優しく頭をポンポンと撫でた。

我先にと鬼龍院家の車に乗り込んだ透子が窓から東吉に手を振る。

「行ってくるわね」

「頼むから主宰者のおふたりに失礼な態度だけはしないでくれ。頼むから」

念を押す東吉からは、必死の願いが伝わってくるようだ。

「あいあーい」

「あーい」

玲夜の肩に乗った子鬼たちが、ついていけずに落胆した顔で見送っていた。

「ごめんね、子鬼ちゃん。すぐ帰ってくるから」

そうして走りだした車内で、柚子は深いため息をついた。

「なによ。どうしたの、柚子は。そんなに花茶会が憂鬱なの？」

「そっちも気になるけど、今は別問題。今日、玲夜がお休みだったの」

「あー、そう言われてみれば若様いたわね」

今気が付いたというような透子に、柚子はここぞとばかりに愚痴る。

「高道さんも私が今日出かけることは知ってたはずなのに、先方の都合とはいえ今日に休みをぶつけてくるなんて裏を感じる……」

「気のせいじゃない？」

「高道さんは玲夜至上主義だからなぁ。まだ玲夜の奥さんとして認められてない気がしてならない」

一応表面上では柚子を立ててくれるし、披露宴でも柚子の要望を叶えてくれたりとある程度は認めてくれているとは思うが、完全にではないと感じている。

「まあ、前の婚約者が絶世の美女の鬼山桜子さんじゃあねぇ。あっ、今は結婚したから荒鬼か。なんにせよ柚子には太刀打ちできないわ」

親友ながら容赦のない言葉に、ぐうの音も出ない。

柚子の価値と言えば花嫁であることぐらい。それ以外の品性も知性も容姿も、桜子にすべて劣っているのは誰に言われずとも柚子がよく分かっている。

「透子はにゃん吉君と一緒にいて劣等感を覚えたことないの？　にゃん吉君にも透子が花嫁に選ばれるまでは婚約者がいたんでしょう？　玲夜と一緒で家が選んだ政略らしいけど」

同じあやかしとなると、婚約相手は人間の透子よりずっと美人であることは間違いない。なのに、透子ときたら……。

「ないわね。さらに言うと婚約者の存在を気にした記憶もないわ。ミジンコほども」

ほとんど考える間もなく否定した。

さっぱりした性格の透子らしいが、東吉のためにももう少し悩んでもよさそうだ。

政略とはいえ好きな人に婚約者がいたのだから。

「そもそも、にゃん吉が私を選んだんじゃなくて、私がにゃん吉を選んであげたんだもん。劣等感なんかあるはずないわよ。おほほほほ！」

劣等感？なにそれ美味しいの？と言わんばかりである。

透子のように強気な態度に出られたらどれだけ楽だろうか。

羨ましさを通り越して尊敬する。柚子なんかは、玲夜に婚約者がいると聞いて悩みすぎるほど悩んだというのに、このあっさりさは見習いたい。

「なんかちょっとにゃん吉君が不憫に思えてきた」

まあ、透子の態度は今に始まったことではないのだが。

「私と結婚できて不憫なわけないでしょうよ」

「透子には玲夜が心配してたような問題は起こらなさそうね」

「なにそれ。どういうこと？」

「花茶会を始めた理由があるらしいんだけどね……」

柚子は玲夜から教えてもらった花茶会の開催にいたった経緯を透子にも伝える。

するとと納得の様子で頷いた。

「はー、花茶会にそんな裏があるなんてね。でも花嫁たちの気持ちも分からないでもないわ」

「透子に分かるの？」

散々東吉を振り回しておいて、囲われる花嫁の気持ちを理解できるのかと、柚子はちょっと失礼なことが頭に浮かんだ。

「柚子、あんた私をなんだと思ってるわけ？」

透子は心外だと言わんばかりの表情。

「私だって、にゃん吉の束縛にうんざりする時は結構あるもの」

「そうなの？」

「そりゃそうよ。あれは駄目これも駄目っていろいろと行動を制限してくるしさ。普段は私の我儘にもすぐ折れるくせに、私の行動については絶対に折れてくれないんだから」

とてもそうは見えないのだが、透子は不満そうな顔をすると、柚子をびしっと指さした。

「というか、柚子は若様が相手でめちゃくちゃ恵まれてるんだからね！　花嫁を得たあやかしに柚子みたいに自由にさせてもらえる人ってほんとに珍しいんだってば。若様の寛大さをもっと自覚した方がいいわよ」

「分かってるよ」

「分かってない！　これまでにもバイトして料理教室に通って、学校にも行かせてもらうことになって、果てには自分の店を持ちたいって。あんたどんだけ我儘なのよ！」

まるで東吉に対する鬱憤を晴らすように、柚子への非難が止まらない。

「えー」

「私なんか高校に行ったらバイトするのが楽しみだったのに、少しの時間ですら許してもらえなかったのよ。なのに、いくら若様が決めた場所とはいえ働くのを許してもらうなんてあり得ないんだから」

「私はごく普通のお願いをしただけで……」

「そのごく普通が花嫁には許されないから、心を病んじゃう人とかいるってことなんじゃないの？　私だって外で働けるものならしてみたいけど、にゃん吉が絶対に許さないもの」

力関係でいうと透子が完全に東吉を尻に敷いているのだが、確かに高校に入って同じカフェでバイトをしようと透子とふたりで面接に行こうとして東吉に止められた当時を柚子は思い出した。

あの時は透子と東吉が大喧嘩（おおげんか）した上、結局柚子ひとりで面接に行くことになったのだ。普段泣かない透子が大泣きしていたのを覚えている。

だが、柚子ももの申したい。

「でも、私だってそれまでバイトしてたお店を玲夜に勝手に辞めさせられたのよ。結構ひどくない？」

「その後、ちゃんと若様の会社でバイトしてたじゃない」

「まあ、確かに」

一瞬で透子に言い負かされる。

結局そのバイトもなあなあのうちに辞めさせられてしまったが、働かせてくれたのは間違いない。

「若様は多少折れて代替案を出してくれてるでしょ？　にゃん吉にはそれがないのよね。花嫁だから駄目の一点張りよ。ほんと、若様の爪の垢を煎じて飲ませてやりたいわ。でも、花嫁の世界じゃにゃん吉が普通で、若様の方が異端なのよね。きっと今日の花茶会に来る他の花嫁も私と似たような扱いじゃないかしら。あるいはもっとひどいかも」

これまで幾度となく東吉に花嫁たるものはと苦言を呈されてきたが、最終的には玲夜が許してくれるからと右から左に流していた。しかし、柚子が思っている以上に玲夜は柚子に甘い対応をしているようだ。

「……ねぇ、透子。もしかして私かなり我儘女？」

「今さら気付いたの？　馬鹿柚子。若様をもっと労りなさい」

「はい……」

　がっくりと柚子はうなだれた。

　透子は小さくため息をつくと、達観したような表情で窓の外を眺める。

「大切にしてくれるのはありがたいんだけど、花嫁を持ったあやかしは度が過ぎるのよ。でもそれがあやかしの本能らしいから仕方ないってあきらめるしかないわけ。逃げようものなら地獄の果てまで追ってくるわよ。その愛情の深さを重いと感じてしまったらきっともう終わりなんでしょうね。それまで許せていたすべてが憎しみと嫌悪に変わっちゃう」

「透子はまだ大丈夫よね？」

　あまりにも感情の乗った言葉に、柚子は心配になってしまった。

「私は大丈夫よ。その気になったら柚子に助けてもらうから。なんせ、子鬼ちゃんに霊獣が三匹。さらには恐怖の大王が背後に立ってるんですもの」

　ケラケラと軽快に笑う透子に、柚子はほっとした。

　やはり透子は元気いっぱいでなくては調子が狂う。

　そうこうしていると、妖狐当主の屋敷に着いた。

「わぁ、すごいお屋敷」

「さすが妖狐のご当主が住んでるところね。絶景、絶景」

鬼龍院本家の屋敷に負けぬ厳かな雰囲気の和風のお屋敷で、和風は和風でも、まるで平安時代にタイムスリップしたかのような気分になる景観だ。

あまりの広さに迷子にならないか心配になってくるところは本家と変わらない。

気のせいだろうか。門の中に足を踏み入れた途端に空気が澄んだように感じた。

清浄な風がどこからともなく吹いてくるよう。

その感覚は、車から下りて家人に案内され屋敷の中を進むごとに強くなる。

「ねぇ、透子。なにか感じない？」

「なにが？」

なにと問い返されても困ってしまう。だが不思議な感覚がした。

「まさか、またなんかあるの？」

透子が心配そうに聞くのも仕方がない。柚子には他の誰もが感じなかった龍や過去の怨念の存在にただひとり気が付くなど、その直感を無視できない過去の経緯がある。

「また変な怨霊が出てくるんじゃないでしょうね」

「いや、そんな悪いものじゃなくて、もっと神聖な感じ？　私もうまく説明できないんだけど……」

どうやら透子には感じられていない様子。気のせいかと思っていたところ――。

『それならば、この敷地のどこかにある社のものだろう』

柚子の袖からにゅっと飛び出してきた龍に、柚子と透子はぎょっとする。

「うわっ！」

透子は反射的に後ろにのけぞってしまい、柚子も思わず大きな声が出た。

「なんでいるの⁉」

『にょほほほほ。柚子が車に乗り込んでいる隙にこっそり袖の中に隠れたのだ。気付かなかったであろう？　霊力を最小限まで抑えていたから、運転手も気付かなかったようだ。我とてやればできる！』

龍はご機嫌に笑いながらうにょうにょするが、柚子は困ったことになったと焦る。

「今日は花嫁以外の参加は駄目だって言ったでしょう！」

ぷいっと顔を逸らせる龍の態度に、柚子は半ギレする。龍を鷲掴(わしづか)んで袖から引きずり出すと、尾を持ってグルグルと回した。

『ぬおぉぉぉ！』

「柚子、ヤバいんじゃないの？」

「透子、どうしよう⁉」

龍を回してお仕置きしている場合ではないと離せば、龍はほっと息をついている。

「どうしようって言っても来ちゃったものは今さら帰せないし……」

「あああ～。ご当主になんて話せば……。先に桜子さんに相談できないかな」

柚子は頭を抱えた。

散々ついてきては駄目だと忠告したのに、この龍ときたら自由がすぎる。

仕方なく龍がどこかに行かないように捕まえたまま、家人の後についていった。

案内された二十畳ほどの和室の部屋には、撫子の花が飾られており、華美さはなくとも品のよさが伝わる、雰囲気に合ったテーブルと畳用椅子が並んでいる。

椅子の数からいうと、呼ばれているのは十人ほどなのだろうか。

主宰者である沙良と妖狐の当主。手伝いだという桜子を入れると、柚子の予想より少ない人数だった。

すでに沙良と桜子は部屋におり、他にも花嫁と思われる数名のご婦人が座っていた。

柚子の姿を見ると沙良が立ち上がって笑顔で近付いてくる。

「柚子ちゃん、よく来てくれたわね」

桜子も沙良より一瞬早く椅子から立ち上がって柚子に向けて一礼すれば、それを見た他のご婦人まで倣うように椅子を立つ。

すると、微かにご婦人たちの声が聞こえる。

「もしかしてあの方が？」

「そうみたい。鬼龍院の花嫁の……」

どうやら柚子の顔を知らないらしい。これでも一応さまざまなパーティーや集まりに玲夜と出席しているのだが、柚子も彼女たちは知らなかった。

「柚子ちゃんの隣はお友達の透子ちゃんね。披露宴で挨拶したから覚えてるわよ」

「このたびはお招きくださいましてありがとうございます」

『かくりよ学園』で身につけた礼儀作法を遺憾なく発揮して綺麗な礼をする透子を見て、柚子も慌ててお辞儀をする。

「まだお若いわね」

沙良だからと、ついいつものように気楽にかまえてしまった。

「そんなかしこまらなくていいのよ。今日はうるさい男たちはいない女だけのお茶会ですもの。無礼講よ」

あやかしのトップに立つ鬼龍院当主の妻でありながら、そう感じさせない気さくな人だと柚子はほっこりする。

透子も最初こそ緊張した顔をしつつも、少し表情が緩んでいた。

これはもう沙良の人柄ゆえだろう。

千夜も似た雰囲気だが、ふたりの人当たりのよさは玲夜に微塵も受け継がれなかったようだ。

とはいえ、千夜の場合は玲夜の父親だと納得の黒さを時折垣間見せるので、密かに柚子の要注意人物に指定されていたりする。

　空いた席を見るに、どうやら撫子はまだ来ていない様子。告げるなら今しかない。

「あの、お義母様。ちょっと不測の事態がありまして」

「あら、なぁに？」

　柚子は鷲掴みにした龍を申し訳なさそうに見せた。

　ぶらーんと沙良の前に突き出された龍に、沙良も目を丸くする。

『なんという雑な扱い。我って結構すごい霊獣なのに……』

　龍がなにやら不満を口にしているが、誰ひとり聞いていない。

「ついてきちゃ駄目って念を押してたんですけど、いつの間にか潜り込んでいたみたいで……」

「あらまあ」

　近くに寄ってきた桜子も「どうしましょう」と困ったようにしている。

「大人しくさせときますので、一緒でもいいですか？」

　そんな会話をしている間にも続々と招待客が訪れ席が埋まっていき、未だ立ったままの柚子たちを不思議そうに見ている。

「一応花嫁だけのお茶会だから……」

　沙良はうーんと唸りながら、頬に手を当てて部屋の中を見回す。

「霊獣さんだけ別室で待機してもらおうかしら」

あとは撫子の訪れを待つばかりとなった状態で、早く対処せねばと気が焦る柚子は迷わず頷いた。しかし……。

「いや、一緒でも問題なかろうて」

部屋の入り口から聞こえてきたしっとりとした声にはっとすると、集まっていた花嫁たち全員が立ち上がって深く頭を下げた。

柚子も慌てて礼をした相手は、妖狐の当主、狐雪撫子だ。

波打つ白銀の髪は美しく輝いており、妖艶な顔立ちと雰囲気に女性ですらドキリとしてしまう。

彼女の存在感は強く、一気にその場の空気を支配した。

立っているだけで周りに自分を注目させてしまうそのカリスマ性は、玲夜も持ち合わせているものだ。

シンプルな着物の上に色打ち掛けを羽織っており、撫子が歩くたびに衣擦れの音がする。

柚子が結婚式で着た色打ち掛けも華やかで綺麗だったが、撫子のものは華やかさだけでなく色気と品を感じさせる。

これは着ている者の違いがそう感じさせるのかもしれない。

「よいよい。皆面を上げよ」

その言葉を聞いて頭を上げて姿勢を正す。

撫子に対して頭を下げなかったのは沙良だけだ。

あやかしの頂点にいる千夜の妻なのだからおかしくないが、立場を別にして沙良は撫子に対し親しげだった。

「でも撫子ちゃん、花嫁のお茶会だしぃ」

「桜子とて花嫁ではないじゃろ。相手は誇り高き霊獣。なにか問題を起こすわけでもなし、そう厳しくせずともよかろう。皆はどうじゃ？　霊獣がともにしてもよいかえ？」

撫子にそう問われて嫌だなどと口にできる強者がいるはずもない。

「私はかまいませんわ」

「ええ。私も」

「私もです」

なんだか無理やり言わせてしまったような気がしないでもないが、怒られずに済んで柚子は心の底から安堵した。

「ありがとうございます」

柚子はまず撫子に頭を下げ、次に他の花嫁たちにも同じように礼を言った。

『むふふ、さすが妖狐の当主だけあって懐が大きいではないか』

偉そうな口をきく龍をとりあえず締め上げて黙らせることにした。

『むぐぅぅぅ、むがぁぁ』

普段は子鬼たちに龍の世話を任せていたが、かなり骨が折れる仕事のようだ。今さらになって子鬼の苦労を理解する。

「お願いだから大人しくしてて！　でないと、帰ったらボールに縛りつけて、まろとみるくの前に転がすからね」

『う、うむ。分かった！　我はいい子にしておる』

不安を残しながら始まった花茶会。

本来ならば沙良か撫子が上座に座るのが常なのだろうが、今回ばかりは新参の花嫁ということで柚子と透子が主賓として上座に座らされる。

当然それとなく遠慮したものの、花茶会に初めて参加する花嫁には恒例なのだそう。

沙良や撫子を差し置いて上座に座ると思うと冷や汗が止まらなくなるが、隣にいる透子はもっと顔色が悪い。

柚子にしか聞こえないような声でなにやらブツブツと「ヤバいヤバいヤバい」と言っている。

恐らく五感の発達したあやかしである沙良と撫子と桜子には聞こえているのだろう。

現に桜子が透子を見て不憫そうにしていた。

「では始めよう。今回はふたりの花嫁が新たに加わった」

撫子の開始の言葉とともに視線が柚子と透子に集まる。

そして、撫子の後に続くように沙良がふたりを紹介する。

「龍を連れているのが私の新しい娘になった柚子ちゃんで、その隣が猫又の花嫁になった猫田透子ちゃんよ。ふたりとも新婚ほやほや、ラブラブ真っ只中なのよね～。はい、拍手～」

パチパチと柚子と透子に向けて拍手がされる。

披露宴を行うよりなんだか気恥ずかしさを感じる。

皆、歓迎するように微笑んでくれていたが、中には憐れみを含んだ眼差しで見てくる者もいて気になった。

今度は新参者の柚子たちに対して、沙良がここにいる花嫁の紹介を端からしてくれる。

人数が少ないとはいえ、顔と名前を一致させるのはすぐには無理そうだ。それでもできるだけ覚えるべく、真剣に耳を研ぎ澄ませる。

「花茶会では下の名前で呼ぶのが決まりだから、ふたりとも覚えておいてね」

「はい」

「承知しました」

　全員の紹介が終わると、お昼時とあって、茶菓子ではなく料理が運ばれてきた。目にも鮮やかな松花堂弁当が運ばれてくる。

　使用人ではなく桜子が汁椀をそれぞれに運んでいたので、柚子は桜子だけにさせるわけにはいかないと手伝おうとしたが、やんわりと席に戻される。

「これは私のお役目ですから」

　有無を言わせぬ力があり、柚子は大人しく座り直した。

　すると、ふたりの様子を見ていた沙良がふふふと笑う。

「桜子ちゃんはもともと玲夜君の婚約者だったでしょう？　だからね、いずれは私の代わりに花茶会の主宰者の役目を引き継いでもらおうと、桜子ちゃんにお手伝いに来てもらっていたの」

「なるほど」

　花嫁しか出席できないはずの花茶会に、花嫁でも主宰者でもない桜子が参加している理由を知る。

「でも玲夜君には柚子ちゃんという伴侶ができたし、桜子ちゃんも高道君と結婚したでしょう？　今後どうしようかと悩んだんだけど、桜子ちゃんは人をまとめるのがとっても上手だから、柚子ちゃんの補佐としていてくれたら柚子ちゃんも心強いかなってね」

沙良がにっこりとした笑顔でとんでもないことを言い出し、柚子は焦る。

「えっ！　補佐ってそれはどういう意味ですか？」

「いずれはこの花茶会を柚子ちゃんに任せたいのよ。だって鬼龍院の次期当主である玲夜君の奥さんだもの。ねっ？」

「ねって急に言われましても……」

今日初めて参加するお茶会を任せられても困る。

「大丈夫よ。花茶会のことは桜子ちゃんがよぉく知ってるし。私と撫子ちゃんが現役のうちはちゃんと私たちで主宰するから。なにせ私たちが始めたことだし、急に全部を柚子ちゃんに押しつけたりしないわよ」

先を促すように沙良が撫子の方を向けば、撫子もゆっくりと頷いたので、柚子もわずかに安心する。

「沙良にとってのそなたや桜子のように、わらわには任せられそうな者がおらぬでな。わらわたちが始めたものをふたりで続けていってくれると嬉しいよ。花嫁たちのためにも」

「花嫁のため……」

ぐるりと見渡せば、花嫁たちの切望する眼差しが柚子を突き刺す。

無言の圧力を与えられて、柚子は気圧（けお）された。

こんな場面で嫌と言える勇気は柚子にはない。

「わ、分かりました」

「ほほほ。期待しておるぞえ。基本は不定期に開催して、参加者も毎回変わる茶会じゃが、次からは勉強のためにも桜子と一緒に必ず参加しておくれ」

「はい……」

なんだかうまく丸め込まれたような気がしないでもないが、今さら取り返しはつかない。

隣から向けられる透子の気の毒そうな眼差しが痛い。

「話は変わるけど、ふたりとも新婚生活はどう？」

目をキラキラさせて柚子と透子に質問してくる沙良に、柚子は苦笑する。

「楽しいです。と言いたいところなんですが、玲夜さんは仕事が忙しいようでなかなか一緒にいられなくて」

「あらあら。玲夜君たら、新妻を放って困ったものね。そういえば千夜君も今は忙しくしてるわ。一龍斎がどうとかで」

「ええ。玲夜さんもその件で休みが取れないようです」

「そう。それは仕方ないわね。一龍斎の件は珍しく千夜君がブチ切れてたから」

ブチ切れる……。

玲夜ならその光景がすぐに思い浮かんでくるのだが、千夜のブチ切れた姿はどうも想像できない。

「徹底的に追い込むらしいから、しばらく柚子ちゃんには我慢してもらわなきゃならないわね」

「みたいですね」

もっとふたりの時間を持ちたいのだが、一龍斎に対して怒っているのは柚子も同じだ。

長年龍を捕らえ、思いのままに操っていた彼らを柚子は許せない。初代花嫁の悲しすぎる歴史を知っているからなおさらだ。

けれど、本音はまた別である。

「そう理解はしてるんですが、やっぱり一緒にいてほしいです。できるなら四六時中そばにいたいくらいなので」

思わず惚気てしまった柚子が恥ずかしそうにはにかむと、沙良は微笑ましげに笑った。

「そうよね。だって新婚さんだもの。できるならずっと一緒がいいわよね」

「はい」

「……そんなの今だけですわ」

穏やかな空気を壊すような棘のある声。

それは花嫁のひとりで、四十代ぐらいの年頃のご婦人だった。

確か名前を穂香と言っただろうかと、紹介された時の記憶を思い起こす。

「一緒にいたいなんて幻想よ。いずれ嫌になるのよ。執着も愛情の押しつけもうんざりだわ」

憎々しげに吐き捨てた穂香の言葉に、幾人かは気まずそうに視線を逸らす。

穂香は柚子と透子に強い眼差しを向けた。

「あなたたちも彼らの美しさと愛情の深さに酔いしれているのかもしれないけれど、そんなの今だけ。愛なんて生易しいものじゃありませんわ。彼らの花嫁に対する想いは異常よ！　皆様もそう思われるでしょう？」

柚子はそんなことないと否定しようと思うも、その場にいた誰ひとり否定しなかった。

それがきっと答えなのかもしれない。

隣にいた透子も、穂香の言葉は間違っていないというように反論をせず苦い顔をしていた。

出かける前の玲夜の言葉が脳裏をよぎる。

花嫁のために作られた箱庭に嫌気がさして、夫との生活に息苦しさを感じる花嫁のためのお茶会。

分かった気になったようでいて、まったく分かっていなかったのかもしれない。

こんなにも嫌悪感をあらわにされると、柚子は言葉をなくしてしまう。

沙良に助けを求めるように見れば、困った様子で眉を下げている。

すると、じっと穂香を見ていた撫子が静かに話しかけた。

「気を落ち着けよ。なにもそなたを否定するわけではないが、この子らはまだ花嫁になったばかり。そなたの苦しみを理解するには早かろうて。今は幸せなこの子らを、無為に傷つけたいわけではなかろう？」

怒鳴るでもなく叱るでもない、落ち着いた撫子の声色に穂香も興奮が冷めていく。

「申し訳ございません、撫子様。おっしゃる通りです。柚子様、透子様、申し訳ございません」

穂香は深く頭を下げて柚子と透子に謝罪した。

「とんでもございません」

「どうぞお気になさらず」

「ありがとうございます」

そこでこの話は終わりだというように沙良がパンと手を叩いた。

「透子ちゃんは今は子育ての真っ只中よね？　うまくやれている？」

沙良の急な話題の変化に戸惑いながらも、透子は即座に反応する。

「はい。屋敷の者が一緒に手伝ってくれますので、なんとかやれています。鬼龍院の玲夜様もお墨付きの霊力が高い子のようで、鬼のあやかしの方が抱っこしても泣かず、一族は大喜びしております」

子供の話になると場の空気は一気に柔らかくなり、いたるところで子供の話で盛り上がる。

「私のところも何人もの家人が交代で見てくれるので大助かりですわ」

「ええ。私のところもよ」

「鬼の方にも抱っこされて泣かないなんて将来有望ですわね」

「うちの子なら泣いてしまうかも」

ようやく笑い声があがりだし、穂香の表情も緩んだのを見て柚子はほっとする。

「いいわね～。私も早くおばあちゃんって呼んでほしいわ。って、こんなことを言ったらプレッシャーをかけたと玲夜君に怒られちゃうわね。まあ、どっちにしろ忙しい今の玲夜君の状況じゃあ無理そうだし、残念だけど気長に待つわ」

本当に残念そうな顔をする沙良に、柚子はクスクスと笑った。

「沙良様は素敵なおばあ様になってくれそうなので安心です」

「同感ですわ。子が健やかに育ちそうですもの。まあ、玲夜様は少々あれですが……」

「あはは……」

明言しない桜子の言葉がなんとなく読み取れた柚子は乾いた笑いが出る。

「あら、人のことばかりだけど、子育ては桜子ちゃんの方が大変よ。なにせ、荒鬼の子供を育てるのは並大抵の苦労じゃ済まないんだから。高道君のお母さんがどれだけ高道君に振り回されたか」

「それは高道様のお母様からお聞きして覚悟しておりますよ」

代々当主に仕えてきた荒鬼の男は、主人と認めた者には身命をなげうつほどに心酔してきたらしい。

高道の玲夜至上主義はいつものことだが、高道の父親もまた千夜至上主義で、その父もそのまた父も、皆主人命だったようだ。

決して裏切らない右腕を、代々の当主が重用するのは仕方ないというもの。

玲夜も高道をかなり信頼しているのがよく分かる。

荒鬼の男はある程度成長するまで当主の子に会わせないよう厳命されていると、以前に桜子から聞いたことがあるが、そうしないと荒鬼の男は主人第一になり、子供らしく育たなくなるからだという。

どんだけなんだ、荒鬼の家系は。呪われているんじゃないかとすら感じてしまう。

「今後の教育のためにも柚子様より先に授かるといいんですが、これぱかりは天からの贈りものですから」

「そうよね」

桜子の言葉をうんうんと頷きながら聞いている沙良には悪いが、しばらく我慢してもらいたい。

「授かりものというのもそうですが、しばらく子供は考えていないんです。私も来週から学校へ行くので忙しくなりますから。そうなると子育てしている余裕がなくなってしまうので」

「そうだったわね。料理学校だったかしら？」

「はい」

「玲夜君がある日、柚子ちゃんのお店を建てたいから本家の近くでよさそうな土地はないかって聞いてきた時は驚いたわ。いくら柚子ちゃんに甘い玲夜君といえど、外で働くのを許すとは思わなかったもの。玲夜君たら忙しい最中にいくつもの土地を実際に見て回って、柚子ちゃんがお店をするのに一番条件がいい場所はどこか悩みまくってたんだから」

柚子は沙良の話を聞いて目を丸くした。

「玲夜が？」

「そうよ。玲夜君の屋敷近くの土地もあったんだけど、結局は本家近くの土地を選ぶあたり、いつか本家に引っ越しても柚子ちゃんが働けるよう、将来的なことも考えた結果なんでしょうね。よかったわね、柚子ちゃん」

「はい……」

ひとつひとつ調べ回ってくれた玲夜の姿を想像すると、自然と柚子の顔に笑顔がこぼれる。

なぜ本家近くの土地なのか不思議だったのだ。それが柚子の未来を考えてだと知り、愛おしさがあふれる。

柚子が料理学校に行くこともお店を持つことも未だに機会があればやめさせようとしているのに、まったく反対の行動をしているではないか。

一時の話ではなく、いつまでも働けるようにと玲夜が考えていてくれたことが嬉しい。

すると、戸惑いがちにひとりの花嫁が手を挙げた。

「あの、お話しを聞いておりますと、柚子様は働かれるのですか？」

「ええ、すぐにというわけではありませんが、いずれは自分のお店で料理を出せたらと考えています」

柚子が肯定すると、にわかにざわめきが起きる。

「働くことを旦那様はお許しになっているのですか？」

「一応」

そう、一応だ。決して心から歓迎してはいない。

だが、許してくれているのは確かだ。

それを聞いた花嫁たちはひどく驚いている。

「花嫁を働かせるあやかしなんて」

「本当かしら？」

「あり得ないわ」

ヒソヒソと交わされる言葉に困惑する柚子を、隣にいた透子が周りに見えないように肘で突き声を潜める。

「ほら言ったでしょう。花嫁を働かせるあやかしなんて珍しいの。ていうか、いないわよ」

「うーん……」

ただ働くだけで、そこまで驚かれるほどのことではない。

危ないこともなにもないのに、彼女たちのこの反応。正直、柚子の方が驚きであるが、花嫁の世界では柚子の考え方が間違っているのを肌で感じる。

「若は素直に許してくれたのかえ？」

撫子がどこか楽しげに聞いてくる質問に、柚子は素直に答えた。

「いえ。最初はまったく許してくれなくて、大喧嘩になりました」

花嫁たちは当然だという表情で納得している。

「けど、負けずにごねて、最後は私の意志を尊重してくれました」

「ほう。若はずいぶんとそなたの尻に敷かれておるようじゃ。愉快よの。その時の若の顔が見たかったのう」

ほほほほっと、それはもうおかしそうに笑う撫子はなかなか笑いが収まらないようだ。そんな爆笑することを言ったつもりはないのだが、なにやらツボに入ったらしい。

「花嫁を働かせるあやかしなど前代未聞じゃ」

「撫子ちゃん、笑いすぎよぉ。玲夜君がブチ切れるわよ？」

「ならばその時は柚子に止めてもらうとしよう。若がたじたじになっておる姿が拝めるしのう」

さらに玲夜が切れそうな気がするのだが……。

「……そんな、そんな自由が許される花嫁ばかりではありませんわ」

唇を噛みしめながら悔しそうにつぶやいたのは、先ほども声を荒げた穂香だ。

穂香は柚子を一瞥してから、撫子にすがるような眼差しで懇願する。

「撫子様、もう少し花茶会の回数を増やしてはいただけませんか!?　私が呼ばれるのは年に一度か二度。それではとても足りません。私にはこの花茶会だけが心のよりどころなんです！　もしこの茶会がなかったらと考えると気がおかしくなってしまいそうです。同じように思われてる方は私だけではございませんでしょう？」

穂香が援護を求めるように見回せば、幾人かが声をあげた。

「私も穂香様のお気持ちがよく分かりますわ。私だって唯一この花茶会に出席する時だけが心の癒やしですもの」

「私もです。夫は私を外に出したがりませんけれど、花茶会だけは別です。なんの愁いもなく晴れやかな気持ちで家を出られるのはお茶会の時だけ。私からもお願いいたします！」

次々にあがる苦しげな声に、柚子は顔を強張らせ彼女たちから逃げるように顔を俯(うつむ)かせた。

撫子がスッと手を上げると、それぞれの声がぴたりとやんだ。

「皆の言いたいことは分かる。しかし、わらわも沙良も茶会ばかりしてもおられぬのじゃ。ほんにすまぬのう」

「ごめんなさいね、皆さん」

撫子と沙良は花嫁たちに深く頭を下げた。

それに慌てたのは先ほどまで不満を訴えていた花嫁たちの方だ。

「そんな！　私たちの我儘で頭を下げないでくださいまし」

「申し訳ございません。撫子様と沙良様がいなければこうして外に出ることすら叶わぬのに、無理を言ってしまいました」

「おふたりが花嫁たちに心を砕いてくださっているのを皆さんよく分かっております」

「そうですとも！」

沙良と撫子が頭を上げると、皆どこかほっとした顔をした。

なんだかんだと微妙な空気は戻らず、その日はお開きとなってしまった。

他の花嫁たちが帰っていった後で、柚子はテーブルに突っ伏している。

「なにやってるのよ、柚子は」

「自己嫌悪に陥ってる……」

「なんで？」

透子には言葉にしなければ柚子の気持ちは伝わらないようだ。

「なんか自分は幸せですって自慢したみたいな形になっちゃって、他の人たちの気持ちを逆撫でしたんじゃないかと……」

「あー」

否定しないあたり、透子も若干思っているのかもしれない。

「玲夜に花茶会を始めた経緯は聞いてたんだけど、まさかあそこまで他の花嫁の人たちが不満を持ってるなんて思わなかったから、たぶんヘラヘラしてすごく傷つけちゃったかも」

かもではなく、きっとそうだ。

「まあ、初めてのことなんだし知らなかったんだから仕方ないじゃない。私もあそこまで深刻とは思わなかったんだけど」

いつもなら真っ先に慰めてくれる子鬼に代わり、透子がポンポンと柚子の肩を叩いて労ってくれる。

「透子様のおっしゃるように、気になさらないで大丈夫ですよ」

優しく声をかけてくれる桜子に癒やされる。

「そもそも今回は花嫁であることに特に不満を抱いている方を優先的に集めましたから、ひとりが不満を爆発させると決壊するのは目に見えていました。他の花嫁すべてがあの方たちのように夫である方に嫌悪を剥き出しなわけではないのですよ」

「どうして、今回はそういうメンバーだったんですか？」

「撫子様のご要望……というか、新しい花嫁おふたりへの最初の洗礼でしょうか？」

柚子と透子は首をかしげる。

「穂香様がおっしゃっていましたが、柚子様のように自由を許してくれる旦那様ばかりとは限らないのですよ。透子様は多少窮屈な思いをされていても、外出を制限されたりはなさっていないでしょう？　パーティーなどにも普通に参加されているのを拝見しますし」

「はい。そうですね」

「ですが、今日呼ばれた花嫁の旦那様は特に執着心の強い方たちなのです。パーティーはもちろん普段の外出すら許されず、この花茶会が唯一外に出られる機会という方もいらっしゃいます。新婚のおふたりには、そういう花嫁もいらっしゃるのだということを知っておいていただきたかったのです」

「花嫁に憧れる人間は多いが、その実情は決して恵まれたものとは限らぬのじゃ」

花嫁たちを見送りにいっていた撫子が戻ってきてそうそうに話に加わる。

「以前、若に告げたことがある。花嫁とはまるで呪いのようじゃと」

「呪い……」

「若は呪いなら呪いと受け入れるが理性は捨てていないとはっきりと申しておった。だが、中には理性を捨てたあやかしもおるのだよ。瑶太がそうであろう？」

　まさかここで瑶太の名前が出てくると思わなかった柚子は目を見張る。

「花嫁のために鬼との争いも辞さぬ行動をしたあやつは間違いなく理性より感情を優先させた。先ほどの花嫁の夫たちもそうじゃ。花嫁は大事と言いながら、花嫁の心を無視して執着しておる。まるで捕まえていないと逃げてしまうと怖れるように。わらわはそんな女たちが不憫での、まるで羽根を切られた鳥のようではないか?」

撫子が静かに語るそばで、沙良は悲しげに聞いていた。

「そんな花嫁たちからしたら柚子は恵まれておる。比較的自由な者でも外で働くのを許されるのは稀じゃろうて。そんな話を聞いて、彼女らは自分と比べ落ち込んだはずじゃ」

「やっぱり……」

柚子は頭を抱えたくなるが、撫子の話はそこで終わらない。

「だがもっと話してやっておくれ。自慢してやっておくれ」

「えっ、いいんですか? 私の話は彼女たちを傷つけるのに」

「彼女たちはな、あきらめてしまっておるのじゃ。花嫁だから仕方ない、花嫁だから家の中で大人しくしておらねばならないとな。そなたのように戦うことをやめてしまったのじゃよ。だから、彼女たちになにがあっても曲げぬそなたの強さを教えてやっておくれ」

「教えるもなにも、私が自由にできているのは玲夜の優しさです」

柚子自身はただ我儘を言っていただけだ。

「そうかのう? 若と喧嘩して学校に行く許可を見事に勝ち得たのであろう? 若のあの圧力にも負けずに」

「まあ、はい。迫力だけは無駄にありました。でも花嫁だからか基本私に甘いので、最終的には玲夜が折れてくれて」

柚子に優しい玲夜だが、学校に関するお願いをした時は思わず怖じけづきそうなほどの威圧感があった。

最終的には柚子の粘り勝ちである。

「それでよいのじゃ。そんな若に対しても対等に渡り合って、勝利した自慢を存分にしておくれ。花嫁の強みを生かしてあの若を手のひらの上で転がす秘訣でもよいぞ」

撫子は茶目っ気たっぷりに笑い、透子と桜子は横を向いて噴き出すのを我慢している。

「そんな話が役に立ちますか？　余計に他の花嫁たちの気持ちを逆撫でしてしまいそうですが……」

「かまわぬ、かまわぬ。彼女らは内に溜め込みすぎなのじゃ。ほどよくガス抜きしてやらねばな」

「そういうものですか？　なら私と透子でネタは尽きないです」

「えっ！」

名指しされた透子が自分を巻き込むなと言わんばかりの表情でにらんでくるが、柚子はおかまいなしだ。

「ほほほほ。どんな話を聞かせてくれるか、次の花茶会を楽しみにしておるよ」

「ご期待に添えるか分かりませんが、頑張ります」

撫子がこくりと頷き、これ以上話すこともなくなったのでそろそろお暇しようとして思い出した。

「そういえば、龍は?」

大人しくしていろと言ったら本当に今まで静かだったので、その存在を忘れていた。

部屋の中を見回すと、どこにもその姿を見つけられない。

「ふむ。ちと待つがよい」

撫子は口を閉ざして宙を見つめる。

玲夜の屋敷などは玲夜が霊力で結界を張っており、その中の状況が手に取るように分かるのだ。どこに誰がいるかも。

恐らくこの屋敷も撫子の力の管理下にあるのだろうと思われた。

少し待つと「見つけた」というつぶやきが撫子から発せられる。

「なんとまあ、予想外のところにおるようじゃ。いや、あれは霊獣ゆえ、おかしくもないか」

ひとり納得する撫子に遠慮がちに話しかける柚子。

「あの、龍は見つかりましたか?」

撫子はじっと柚子の顔を見つめたかと思うと、柚子の後ろにいる桜子に視線を移す。

「桜子。そちらの透子を先に送ってくれぬかえ？　柚子は少々遅れて帰すのでな」

「承知いたしました」

頭を下げる桜子に背を向けて撫子が歩きだしたので、柚子はどうしたらいいのかと撫子の背と透子とを交互に見ながら戸惑う。

すると、沙良が行く先を示してくれた。

「ほら、柚子ちゃん。撫子ちゃんが行っちゃうわよ。早く追いかけて」

「は、はい！　今日はありがとうございました！　またね、透子」

沙良と桜子にお辞儀をしてから透子に別れを告げると、急いで撫子を追った。

長い廊下をゆっくりと歩く撫子の後ろについていく。

どんどん奥に進んでいくので、柚子はもうさっぱり帰り道が分からなくなっていた。

帰りはどうしようかと悩みつつ、龍はどこまで行ったのか心配していると、この屋敷に足を踏み入れた瞬間にも感じた、言葉では思うように表現できない清浄な気配が次第に強くなっていく。

壁に挟まれた廊下から庭の見える廊下へ出てしばらく歩くと、不意に撫子が立ち止まる。

そこから見える庭にはぽつんと小さな社（やしろ）があった。

どこか懐かしさを覚える空気に、なぜか胸がキュッと苦しくなった。

決して嫌な気分というわけではない。けれど、泣きたくなるような、切なさと喜びがない交ぜになったかのような気持ち。

「ほれ、あそこにおる」

撫子が指をさした社の前に龍は佇(たたず)んでいた。

胸に渦巻く激しい感情を抑えつけて、柚子は龍を呼ぶ。

「こら、そこでなにしてるの!?」

柚子が怒鳴ると、龍はびくりと体を震わせてから慌てて柚子の元に飛んできた。

『柚子、お茶会とやらはやっと終わったのか?』

「終わったのかじゃないでしょう？　大人しくしててって言ったのに。勝手についてくるし、帰ったらお説教だからね」

『すまぬすまぬ。しかし、我はどうしてもここに来たかったのだ』

龍は社を振り返る。

「あのお社になにかあるの？」

『のう、柚子を社へ連れていってもかまわぬか？　柚子にここを見せたかったのだ』

「なんじゃと？」

龍は撫子の前に飛ぶと、願いを伝える。撫子は困惑している様子だ。

『柚子は神子の力を持っているゆえ、きっとあの方も喜ぶであろう』

「ふむ」

撫子は柚子に視線を移してから、わずかな間考え込んだ。

「まあ、よかろう。そなたはあの社がなんなのか知っておるようじゃの？」

『知っておるよ。本当は柚子を一龍斎の屋敷にある本社に連れていってやりたいが、まだ買い取れておらんようだし、今は分霊された社で我慢しよう』

「なんじゃと!?　本社は一龍斎の屋敷にあるのかえ？」

撫子はひどく狼狽(ろうばい)していた。そんな姿は初めてだ。

『あの方を分霊した社を持つくせに、そこまで詳しいことは知らぬようだな』

「恥ずかしながらその通りじゃ。わらわに詳しく教えてくれぬかえ？」

『うむ。よかろうとも。ただし、鬼龍院が一龍斎の屋敷を手に入れるように協力してくれたらだ』

撫子は迷わず頷いた。

「かまわぬが、若は知っておるのかえ？」

『話をした時の様子では知らぬようだったなぁ。当主はどうか知らんが、積極的に屋敷を手に入れようと動いていないのを見る限りでは伝わっていない可能性が高いな』

「なるほど。まあ、先に参るといい」

撫子と龍の視線が柚子に向けられる。

「えっと、お社にお参りしたらいいの？」

『うむ、そうだ。きっとあのお方が大喜びするだろう』

「あのお方って？」

『参れば分かるよ』

あの方とは誰なのか、龍の言葉に首をひねりながら、そこにあった履物を借りて社へ続く道を歩く。社の前で立ち止まると、手をパンパンと叩き一礼した。

作法は合っていたっけ？と曖昧な知識でお参りすると、急に目の前が暗くなった。

「あ、れ……」

ぐらりと崩れ落ちる体を意識しながらも、体は言うことを聞かず、そのまま倒れた。

遠くなる意識の向こうで、誰かに呼ばれた気がした。

『私の神子――』

＊＊＊

目を覚ますと、そこは見慣れた自分の寝室だった。

「あれ？」

身を起こして自分の姿を確認すれば、着ていたはずの着物もパジャマに変わっており、先ほどまでのことが夢なのではないかと錯覚する。

「なんで……」

撫子の屋敷にいたはずなのだが、いつの間に帰ってきたのか。

戸惑う柚子のところに、扉を開けて玲夜が入ってきた。肩には子鬼を乗せている。

「起きたようだな」

「あーい」

「やー」

「玲夜。……私どうしたのかな？」

思い出そうとしてもどうにも思い出せない。

「妖狐の当主の屋敷で倒れたらしい。具合でも悪かったのか？」

「全然。直前まで普通だったもの。確かお社にお参りしてて……それからの記憶がないかも」

「今は大丈夫なのか？」

「うん」

倒れたというが、体に違和感はどこにもない。

「だが、なにもなく急に倒れるわけがないだろう。病院で詳しく検査をした方がいいかもしれないな」

「そんな大げさな。どこもなんともないから大丈夫」

「それならいいが、なにかあったらすぐに言うんだぞ」

「うん」

そっと労るように抱きしめてくれる玲夜に腕を回す。

ふと思い出した花嫁たちとのお茶会。

「なんかいろいろすごかったな……」

「茶会の話か？」

「うん。花嫁になって結婚して、物語だとそれでハッピーエンドだけど、実際は始まりにすぎないんだなって。いろいろ考えさせられた」

終わりではなく始まり。物語は続いていくのだ。

「嫌なら今度から行かなくていいぞ」

「ううん。次も行く。玲夜の惚気を話しにいかないといけないから」

柚子はニコリと玲夜に笑いかける。

「どういうことだ？」

「玲夜の花嫁でよかったなって話」

柚子はご機嫌な様子で玲夜に身を寄せた。

# 三章

花茶会より約一週間後、柚子は朝からとても機嫌がいい。期待に胸が躍って目覚ましが鳴る前に起きてしまったぐらいだ。

それと反対にご機嫌斜めなのを隠そうともしないのが玲夜である。朝食を食べている間も不機嫌いっぱいの表情で箸を動かしている。

ピリピリとしたオーラを発している玲夜に、使用人たちも決してさわれない危険物を前にしたように怯(おび)えていた。

これでは会社で誰かが八つ当たりされかねない。本当に参ったものだと、柚子も困り顔。

「玲夜」

「なんだ?」

柚子が話しかければどんなに機嫌が悪くても甘く柔らかな声で返すのに、今日ばかりは返事をする声からも厳しさが拭えない。

「別に浮気しにいこうってわけじゃないんだから、そんなに腹を立てなくてもいいでしょう?」

「当たり前だ。浮気が目的だったら許可してない。その場で監禁だ」

「さらっと怖いこと言わないでよ。玲夜も許してくれたんだし」

「許したが許してない」

いったいどっちなんだ。柚子はあきれるしかなかった。

玲夜がここまで不機嫌になっているのは、今日から料理学校が始まるからである。

一度許可した手前『行くな』とも言えず、静かに怒りを溜め込んでいるというわけだ。

「柚子は俺と一緒にいたいんじゃなかったのか？　このままでは今以上に一緒にいる時間が少なくなるぞ」

柚子を責めるような口調に、柚子も言い返してしまう。

「どっちにしろ玲夜だって忙しいって一緒にいられないじゃない」

「そうだが、少なくとも屋敷にいれば安全だ。俺のそばなら守ってやれる。けれどよりによって鬼龍院とも関わりのない学校なんて、なにかあってからじゃ遅いんだぞ」

「他の学校じゃ意味ないの！」

思わず声を荒げる柚子は決まずそうに玲夜から視線をそらす。

別にこんな喧嘩がしたいわけではないのに。

玲夜が柚子をつい責めてしまうのも、柚子のことを大事に思ってこそだと分かっている。

心配してくれているのだ。

だけど、料理学校に行かないという選択はない。

これ以上の喧嘩をしたくない柚子の内心など知らぬ玲夜は、さらに眉間の皺を濃くして続ける。

「一番気に食わない理由がなにか分かるか？」

「なに？」

柚子は視線を戻し問い返す。

「指輪はどうしてしていないんだ」

「ああ」

柚子の左手の薬指には、玲夜から婚約の際に贈られた指輪がはめられていなかった。

結婚指輪はそもそもしていない。あやかしの世界では指輪を交換する決まりがあるわけではなかった上、玲夜のあまりの忙しさに買う暇がなかったのだ。

時間がないから既製品でいいとパンフレットから選ぼうとしていたのに、玲夜がオーダーメイドにこだわったのがそもそもの理由である。

なので結婚指輪を作るまでは、玲夜から贈られた婚約指輪が結婚したことの証となっていた。

「ちゃんと持ってるよ」

安心させるように柚子は首にしているネックレスを服から出す。

金のチェーンには玲夜の瞳と同じ紅色の石がついた指輪が通されている。

「授業では実技もあるし、汚したくないから首にかけるようにしたの」

食材を扱う以上、衛生面も考慮しての判断だ。

玲夜は不満そうではあったが、それ以上なにも言わなかった。

「今日は入学式とオリエンテーションがあるだけだから早く帰ってくると思う」

「間違っても男と仲良くなるなよ」

「はいはい。分かってます」

この会話を何度繰り返したことか。少々食傷気味だ。

玲夜としては女性だけの学校に行かせたかったようだが、これから通う学校は共学。

しかも人間ばかりであやかしはひとりもいない普通の学校である。

嫉妬深いあやかしを相手に大変な問題に発展するかもしれないので、花嫁には馴れ馴れしくしない、という暗黙のルールをかくりよ学園に通う生徒の場合は知っているが、一般の学校でそんな知識を持っている者がいるとは思えない。

それを玲夜はひどく案じている。

「玲夜、私って普通に考えてモテる人間じゃないからね。異性を警戒しろって玲夜は心配するけど、とんだ自意識過剰女になっちゃうから」

「なにを言ってる。柚子は綺麗だ」

真面目な顔で平然と褒めるのだから、嬉しさとともに気恥ずかしさが襲う。

である。

「ありがとう……」

好きな人に綺麗と褒められて嫌な気がするはずはないが、柚子が玲夜の花嫁だから

花嫁フィルターのかかっていないただの人間からしたら、柚子は可もなく不可もない普通の女という評価をされてしまうだろう。

決して謙遜でも過小評価でもなく、それが現実だ。桜子ならば入学した途端に求愛者で長い列ができるのだろうが。

「でも、絶対に玲夜の心配は杞憂で終わるし、たった一年だから我慢してね」

「ちゃんと子鬼を連れていくんだぞ」

「うん。龍も一緒だし、鬼龍院の名前で通うんだから、勘のいい人なら怖がって近付いてこないよ」

結婚したことで鬼龍院柚子となった名前。

まだ呼ばれ慣れていないが、結婚したことを感じさせられる瞬間だ。

人間である柚子が鬼龍院と名乗ることですぐに鬼の一族と直結させる人は、よほどあやかしの世界に精通しているか、上流階級の生まれでなければ難しいだろう。

けれど、子鬼と龍を連れていれば、鬼である鬼龍院となんらかの関係があると察する者は少なくないはずだ。

ぼっちになる可能性が大である。

「せめてひとりぐらいは友達できるといいんだけどな……」

すぐに卒業すると分かっていても、料理や授業内容について語り合える相手くらいは欲しいなと柚子は期待を胸に抱きながら、念願の料理学校の入学式に参加すべく準備を始めた。

この日のためにオーダーメイドした紺色のスーツを着て、学校へと向かう。

残念ながら徒歩での通学が玲夜に許されないのは分かっていたので、ひとりだけ学校に高級車を横付けして下りる。

多くが車で登校してくるかくりよ学園と違い、なんとなく周囲からの視線を感じたが、これから一年通い続けるのだから気にしたらきりがない。

一見すると学校というよりはビルのような建物の中に入ると、入り口近くに名簿が張り出されていた。

名簿から自分の名前を見つけ出して入学式のために講堂へ向かう。

空いた席に座ると、子鬼が興味深そうに声をあげる。

「あーい」

「あい」

肩に乗っていた子鬼がぴょんし肩から柚子の膝に移動するのを、周りの生徒がぎょっとして見ていた。なにやらヒソヒソされているのは気のせいではない。

「子鬼ちゃん、静かにね」

「あーい」

にぱっと笑いながら手を上げた直後、どこからともなく「かわいい」「なにあれ、人形じゃないよね?」「生きてるの?」などと子鬼に興味津々な声が聞こえてきたが、聞かれてもいないのに柚子の方から話すつもりはない。

しばらくすると席も埋まり、教師らしき人が入ってきて入学式が始まった。

思ったより簡単な校長の話や学内の説明が終わると、オリエンテーションのために各教室へ移動する。

その間も肩にいる子鬼に周囲の目が集まっているのが分かったが、警戒されているのか誰にも声はかけられない。

料理学校というだけあって、普通ならば教卓がある場所はキッチンになっており、そこで調理ができる仕様になっている。

きっとそれらを使って授業をするのだろう。手元を映すカメラとモニターもあるようだ。

そうこうしているうちに教師が入ってきて、全員に教科書やコックコートなどが渡された。

身だしなみの大切さを聞いた後は、オリエンテーション後から始まる調理実習のためにコックコートの正しい着方を丁寧に教えられながら、シミひとつない真っ白な白衣に触れる。

最後にチーフを結んでコック帽を被ったら完成だ。

新品のコックコートのパリッとした感触が、明日から始まる授業への期待を高まらせていく。

早く包丁を握りたいが、この日は包丁一式を渡されただけなのが残念だ。

ひと通りの説明がされると、今日のオリエンテーションは終わった。

オリエンテーションは今日を合わせて三日間続き、その間に授業で必要な基礎知識を教えられるのである。

一日目のオリエンテーション終了後、すぐに帰る者と帰らずに歓談する者とで分かれた。

特に急いで帰る必要のない柚子は、友人を作る機会だと残ることにしたが、なかなかきっかけが見つけられない。

子鬼を肩に乗せ龍を腕に巻きつけているせいか、なにやら避けられている気がする。

声をかけるのをためらっている間にどんどんグループができあがっていき柚子が焦っていると、肩を叩かれた。

「ねえ、一緒に話さない？」

声をかけてくれたのは、若い女性だ。

「私、片桐澪っていうの。あなたは？」

はつらつとした笑顔を浮かべる、栗色の髪をボブカットにした女性の問いかけに、柚子はほっとしたような表情で答えた。

「鬼龍院柚子です」

「よろしく～」

鬼龍院と聞いてもなにも感じなかったようで柚子は安堵する。

名前をツッコまれたら、せっかく話しかけてくれた彼女も逃げてしまうと思ったのだが、杞憂だったようだ。

「私のことは澪でいいわよ。あなたも柚子って呼んでいい？」

「はい。よろしくお願いします」

散々体に覚えさせた綺麗な角度でお辞儀をすると、澪は目を見張った後、あははと豪快に笑う。

最近は礼儀作法をしっかりしなければならない場に出ることが多かったので、丁寧すぎる挨拶になってしまった。

「やだ、固すぎよ。敬語じゃなくていいから。柚子って何歳？」

「二十二です……じゃなくて、二十二よ。大学卒業してすぐに入学したから」

「じゃあ、私より二歳上じゃない。私の方が敬語で話さなきゃ」

どこか透子を思い出させる快活な澪に、柚子は好印象を抱いた。

「敬語じゃなくていいよ。その方が話しやすいし。じゃあ、短大を卒業したところ？」

「ううん。大学二年まで行ったんだけど、やりたいことができたから辞めてこっちに入学したの」

「へぇ、そうなんだ」

高校を卒業してから通う者が多いかと思ったので、十代の中で浮かないかと心配があったが、いろんな世代がいるんだなと安心した。

中には明らかに柚子よりずっと年上の人も見かけたので、皆さまざまな将来を見据えて通ってくるようだ。

「柚子もやっぱり料理人になりたくて？」

「うん。料理人ってほどたいそうな者になれるか分からないけど、自分のお店で自分の作った料理を出せたら嬉しいなって」

「私もっ！」

澪は嬉しそうに柚子の手を握った。

「私も将来自分のお店を持つのが夢なのよ！　憧れるわよねぇ」

「わぁ、本当に」

「そうよ。一緒に頑張ろうね」

「うん」

柚子は同志を見つけたようで嬉しくなった。

ところで気になる問題がひとつだけあった。

「あの、私に気になるものとか聞きたいこととかない？」

「ん？　別に？　あっ、お店ではどんな料理出したいのとか？」

「えっと、そうじゃなくて……」

柚子は机の上にいた子鬼を手に乗せて困ったように見せた。

「なに、人形？　かわいいわね」

どうやら澪は柚子が周囲から注目を集めていたのを知らなかった様子だ。

「あーい」

子鬼が手を上げて挨拶をすると、澪はぎょっとして後ずさった。

「はっ!?　なにこれ！」

教室内に響き渡る澪の叫びに、本当に気付いていなかったのだと分かる。

「あの、落ち着いて。まったく危ないものじゃないから」

「あーい」

「あいあい」

ぴょこぴょこ飛び跳ねる子鬼には確かに一般人から見たら不思議が詰まっているが、むやみやたらに人を攻撃したりしない。

愛想よくニコニコと笑う子鬼に、澪は次第に落ち着きを取り戻していった。

「それなんなの？」

澪は未知の生物を見るかのような眼差しで子鬼を指さす。

「子鬼ちゃんっていって、なんていうか、私のボディガード？みたいな感じ」

「ボディガードにならなさそうなんだけど。むしろかわいすぎて誘拐されない？」

「見た目はかわいいけど、誘拐犯を逆に半殺しにするぐらいの攻撃力は持ってるから大丈夫」

「いや、かなり危ないものじゃない！」

澪のツッコミはもっともだ。

「でも、本当になにもしなければ普通にいい子たちだから」

「そう」

澪は疑いの眼差しを向けながらも、子鬼に人差し指を差し出した。

「えっと、よろしく？」

「あーい」

「あいあい！」

子鬼が澪の人差し指を握り返すと、澪はなにかを耐えるように口を引き結ぶ。

「えっ、めっちゃかわいいんですけど！　どこで手に入るの？」

「非売品だから手に入れるのは無理かな……」

柚子は困ったように笑うしかない。

すると、今まで大人しく柚子の腕に巻きついていた龍がにゅるんと澪の眼前に出てくる。

「うわっ！」

またもやびっくりした澪はのけ反ると、まん丸な目をして龍を凝視する。

「それも、柚子のボディガード？」

『むふふ、いかにも。我らがいるので柚子に危害を加えようなどと考えるでないぞ。でないと命の保証はしな――へぶっ』

得意げな顔で澪を脅す龍の後頭部を柚子がべしりと叩いた。

「馬鹿なこと言わないの。下手に騒ぐなら連れてこないからね」

『だが、こういうものは最初の印象が肝心ではないか？』

「せっかく友達ができそうなのに邪魔しないで！」

『む～』

柚子の鬼気迫る圧力に龍は再び人人しく柚子の腕に戻る。

やっと仲良くできそうな友達がいるのに、脅して逃げられたら困るのだ。

「ごめんね。本当に危ない子たちじゃないから」

変に澪を怖がらせたのではないかと心配になった柚子だったが、澪はおかしそうに声をあげて笑った。

「ふふふ、あはは！　柚子ってびっくり箱みたいでおもしろいわね。これから仲良くしてね」

「こちらこそ」

お互いにニコリと笑い合う。

車で迎えがあることを告げ、ならば学校の出入り口まで一緒に行こうと言ってくれた澪と向かうと、なにやら騒々しい。

「すっごいイケメン」

「めっちゃかっこいい！」

「写真撮っちゃおうか」

なにやら激しく嫌な予感がした柚子が足早に人垣を抜けて外に出ると、外国人モデルも真っ青なスタイルのいい玲夜が高級車にもたれながら待っていた。

衆人環視の視線を一心に集めているのに、本人は慣れているのか興味がないのか気にした様子はなく、柚子の姿を見つけると破顔一笑する。

途端に女子たちの黄色い悲鳴が湧き起こった。

柚子は失敗したと後悔する。玲夜に学校には来ないように伝えておくべきだった。

玲夜が来たらどこにいようと注目を集めるのは始めから分かっていたではないか。

そして翌日に待っているのは質問の嵐。平穏な学校生活を守り、料理に集中するためにも、それだけは阻止しなければならない。

幸い柚子はまだギリギリ学校の敷地内におり、周囲の人に紛れている。

柚子はすかさずスマホを操作し、『この先のコンビニで待ってて』と玲夜にメッセージを送る。

スマホの通知に気付いた玲夜はスマホの画面を見るとすぐに車の中に入り、玲夜を乗せた高級車は消えていった。

そうすればまるで夢から覚めたように学生たちも正気に戻る。

「あーあ。行っちゃった」

「なにしてたんだろ」

「学校にいる彼女を迎えに来たとか?」

「えー、さっきの人と釣り合うような人、入学式ではいなかったよ。いたら絶対に噂になってるだろうし」

そうだね、と納得しながら帰っていく学生たちに、柚子は心の中で『ここにいます』と思いながらも、場が収まってほっとした。

深いため息がつい出てしまったのは決して玲夜のせいではない。玲夜が来ることを想定していなかった柚子が悪いのだ。

「柚子、綺麗な人だったわね」

「う、うん。そうだねー」

とっさに澪に隠してしまい罪悪感を覚えたが、最寄り駅に向かう澪とは別の方向に急いで向かった。

柚子の指定通りコンビニの駐車場で待っていた高級車に素早く乗り込む。

信じられないといった表情の柚子の肩から、子鬼が嬉しそうに玲夜に飛び移った。

「あーい！」

「やー」

コアラのように玲夜の腕にしがみつく子鬼たちは微笑ましいが、なぜ玲夜がいるのか柚子は疑問でならない。

「どうして玲夜がいるの？　会社は？」

今の玲夜は休みも取れないほど忙しいはず。

「どうやら母さんが新婚時の貴重な期間に働かせすぎだとお節介を焼いてくれたらし

い。それで会長である父さんが仕事の一部を肩代わりしてくれることになったんだ。父さんは半泣きだったが、普段俺に任せきりなんだから問題ないだろ。母さんに今度なにかで礼をしておかなければな」

「そうなんだ、お義母様が……」

きっと花茶会で遠回しに愚痴ったのを聞いて動いてくれたのだろう。後でお礼のメッセージを送っておいた方がよさそうだ。

半泣きという千夜には申し訳ないが、玲夜が来てくれたことが嬉しくてならなかった。

「しかし、どうして移動しろと言ったんだ？」

「だって玲夜と関係があると知られたら明日質問攻めにされちゃうもの。あやかしの花嫁に慣れたかくりよ学園とは違うんだから」

高校の時に柚子は玲夜の花嫁になったが、すでに透子という前例があったためにさほど大きな騒ぎにはならなかった。

皆、『あー、柚子も花嫁になったのか』ぐらいの感情で、どちらかというと玲夜の容姿と子鬼の存在の方に興味が偏った。

東吉というあやかしがすでにクラスメイトとしていたので、比較的すんなりと受け入れられたのだ。

だが、今日から通い始めた学校は違う。

「あやかしに慣れていない人間の学校だから、きっと大騒ぎになっちゃう。私は授業に集中したいからできれば避けたいの」

「だったら最初から俺が言う学校にしておけばよかっただろう」

玲夜にはあやかしも通う料理学校をいくつか提示されていたが、それをはねのけて今の学校を選んだのは柚子である。

「そうだけど、どうしても樹本仁先生の授業を受けたかったんだもの」

「樹本仁？」

玲夜の眉間に一気に皺が寄る。

あっ、ヤバいと思ったが時すでに遅し。

「男の名前だな。どういうことだ、柚子？　男に会うためだとは聞いてないが？」

車の中では、不機嫌ＭＡＸな顔で詰め寄ってくる玲夜から逃げる術はない。

「あ、会うためじゃなくて授業を受けたいの」

そこははっきりと伝えておかないと後が怖い。

「同じだろ」

「全然違うから！　樹本先生はね、和とフレンチの創作料理で有名なシェフなの。彼のお店がテレビで紹介されてるのを見てすごく美味しそうで、そんな人に料理を教えてもらえたらいいなって。決して玲夜が思ってるような不純な動機じゃないのっ」

語尾をきつめに言い切ると、玲夜はその場でスマホを操作し始めた。

「なにしてるの？」

「そいつを調べてる」

「玲夜……」

柚子の顔には玲夜に対するあきれが全面に出ている。柚子が深くため息をつくと、玲夜の手が止まる。

「こいつか？」

玲夜が見せてくれたのは、樹本仁のお店のホームページだ。そこにはニッコリと笑う樹本仁の写真も載っていた。

「若い。それにずいぶんイケメンだな」

「いやいや、玲夜が言ったら嫌みにしか聞こえないから」

確かにホームページの樹本仁は結構なイケメンだ。目鼻立ちがはっきりした爽やかな好青年風で、女性からの支持も高い。

テレビでもイケメンシェフと紹介されていたし、柚子も異論はないが、あやかしでもトップクラスの美しさを持つ玲夜と比べたらかわいそうなほどの差がある。

「本当に料理を教わりたいだけだから」

そんな疑いの眼差しを向けられても困る。

　樹本仁は二十代後半ぐらいの年齢なので柚子とも年が近く、玲夜が心配するのは仕方ないのかもしれないが、週一回の授業の時にしか会わない人と仲良くなるのは難しいだろう。他にも学生はたくさんいるのだから。

「……こいつとなにかあったら即辞めさせるぞ」

「はいはい」

　おざなりに返事をしてやり過ごすと、車は屋敷ではなくどこかのパーキングに停まった。

「玲夜、家に帰るんじゃないの？」

「行けば分かる」

　柚子の手を取り車から下りると、そこから数分歩いた場所で玲夜が足を止めた。

「カフェ？」

　しかも雑誌などでも紹介される人気のお店だ。

「ああ。柚子は自分の店の内装デザインで困っていただろう。なにかの参考になるはずだと思ってな」

「でも、閉店ってなってるけど？」

　店の扉にある閉店の文字。しかし、店の中には誰かいるのか灯りがついている。

「貸し切りにした」

「そんなことできたの？」

「ああ」

行列もできる人気店を貸し切りにするためにどれだけのお金が動いたのかと考えると頭が痛くなりそうだ。

「玲夜の気持ちはすごく嬉しいんだけど、私に無駄なお金はかけないでね？」

「なに言ってる。必要経費だ」

表情も変えずに言ってのける天下の鬼龍院の次期当主は、我が物顔で扉を開けて入っていく。

すると、奥から店員らしき人が何人も慌てて出てきた。

「鬼龍院様ですね。ようこそおいでくださいました！」

見事な九十度の角度で頭を下げるのは店長らしい。玲夜を前に笑顔が引きつっている。

「適当に中を見させてもらうぞ。その後で食事を頼みたい」

「かしこまりました!!」

なんだかかわいそうになるほど怯えているのはなぜなのか。聞きたいが聞いてはいけない気がする。

「ほら、柚子。好きに見て回れ」

「本当にいいの？」

「もちろんだ。なあ？」

玲夜に問われた店長に視線を向ければ、首振り人形のように激しく首を上下させる。

なんとも言えない気持ちになりながら、ありがたく中を見せてもらうことにした。

座席や椅子やテーブルといった家具に始まり、壁紙や照明。さらには厨房やスタッフルームまで見せてもらえた。

「なるほど」

気になったものをスマホで好きなだけ写真を撮って満足すると、客席に着いて飲み物を頼む。

メニュー表も確認しなければならない大事なアイテムだ。デザインを確認しながらカシャリと撮る。

「うーん。こうしてみると決めなきゃいけないものがたくさんあるなぁ」

玲夜は足を組み、注文したホットコーヒーを飲みながら、悩む柚子を優しげな眼差しで見ていた。

「好きなだけ悩むといい。以前に俺が渡した完成予想図も、あくまで仮のものだ。柚子の好みにいじるといい」

「玲夜が考えてくれたものが十分私好みだから、基本はあのままで細かいところだけ変えようかな」

「そもそもどんな店にしたいんだ？」

「玲夜の妥協案が、平日週三日の昼間までだっけ？」

結構厳しいルールだが、玲夜はそれ以上譲る気はないという強い眼差しで「ああ」と頷く。どうやら交渉の余地はなさそうだ。

「ちなみに朝は？　お店で朝食メニューを出すのはオッケー？」

「朝の食事は俺と一緒に取るのが決まりだ」

そのルールがいつ決まったのか分からないが、朝食を一緒に取るのは日課となっているので玲夜は譲らないだろう。

「だったらランチ時だけの営業になっちゃうかな」

玲夜が用意してくれた土地は、駐車スペースを考えるとさほど大きな店は建てられない。

料理は柚子ひとりで回していく予定なので、そもそも大きな店は必要ないが、本家近くの土地とあって周辺は高級住宅地となっている。

客層は恐らく上流階級の人間やあやかし。

そうなると、大衆向けというよりは高級志向なお店にした方がいいかもしれない。

営業は平日なので、お金持ちのマダムに狙いを定めた予約制のランチコースなんていいのではないだろうか。

あらかじめメニューが決まったコースなら、柚子ひとりでも注文間違えをすることなくやりくりできる。

「むむ」

しかし、上流階級の人を相手にするなら接客もそれなりの作法を身につけた者でなくてはならない。

柚子の眉間に皺が寄るのを玲夜は楽しげに見ていた。

「なにか問題か？」

「うん。立地を考えると安さを求めてくる人より、静かで高級感のあるお店と料理にした方がいいのかなって」

「まあ、そうだろうな」

「なら、私ひとりでも回せるように飛び入り不可の予約制にして、メニューもコース料理オンリー。食材にこだわって、高級感はあるけど何度でも足を運んでもらえるような、カジュアルな創作料理のお店がいいな」

玲夜が実際のお店を見せてくれたおかげで、柚子の中でお店の予想図がはっきりと組み立てられていく。

「だけど、接客を任せられるような、しっかりとした作法を身につけた人をどう雇えばいいか分からなくて。お給料の相場とかも知らないから調べないと」

「それなら問題ない」

「どうして？」

「屋敷の使用人を接客に駆り出せばいい。というか、柚子の店の手伝いをしたいと雪乃や他数名が名乗り出ている」

柚子は驚きのあまり目を丸くした。

「雪乃さんたちが？」

「ああ。屋敷の使用人を使うなら給料も必要ない。その分は俺がちゃんと払っているからな」

「それだと屋敷の方が困らない？」

「週三日の数時間だけだろう？　店の大きさからも、接客はふたりもいれば回せる。給料の代わりに賄いを食べさせてやったらいい」

柚子としても雪乃たちならば安心だ。接客の仕方も柚子が教えるまでもなく、すでにプロフェッショナルなのだから。

「でもいいのかなぁ、そんなに甘えちゃって」

「むしろ甘えてくれた方が俺も助かる。護衛の面でも心配がなくなるからな」

「なるほど」

玲夜の屋敷で雇われている使用人は全員鬼だ。最強のあやかしである鬼の一族が一緒に働いてくれれば、花嫁を外で働かせる不安も少しはマシということか。

「それじゃあ、雪乃さんたちの手が空いた時に話をしてみようかな」

「ああ。そうするといい」

カフェでの食事はさすが人気店というだけあって女性が好きそうな彩り鮮やかな見た目で味も美味しかったが、柚子が求めるジャンルとは少し違った。

「うーん。今度は高級寄りな洋食のコースが食べられるところに行きたいな」

「なら、しばらくは柚子の求める店を探して食べ歩きの旅だな」

「一緒に行ってくれる？　もちろん無理そうなら透子を誘うけど……」

遠慮がちな言葉を発しながらも、玲夜と行きたいという本音が表情に出てしまっている。

玲夜はそんな分かりやすい柚子の頭をポンポンと優しく撫で、穏やかな笑みを浮かべた。

「一緒に行こう。仕事は父さんに押しつけるから問題ない」

「それは、いいの？」

玲夜には問題なくとも、千夜にとったら大問題ではないだろうか。

もともとその他の仕事が忙しく、普段は会社を玲夜に任せているという話なのだから。

「大丈夫だろ。いつもはなんだかんだと理由をつけてサボろうとしているだけで、父さんが本気を出せばもっと早く仕事は片付くんだ。今まで俺に任せていた分を取り返してもらおう」

「そうなの？　……お義父様ってほんとに謎だ」

のほほんとしていて、中学生ににらまれただけで泣きだしそうなほど見た目は弱そうだし、ドジっ子新入社員のように仕事もできなさそうなのに、あやかしのトップで仕事もできるとは。

人は見た目じゃないとは千夜のためにある言葉のようだ。

屋敷に帰ると、久しぶりにゆっくりとした時間を玲夜とふたり過ごすことができた。

帰ってすぐにしたのは、支給されたばかりのコックコートを着て一番に玲夜に見せることだ。

「玲夜、見て見て～」

スーツからゆったりとくつろいだ浴衣に着替えた玲夜の前でくるりと回ってみせる。

「似合う？」

「ああ。よく似合ってる」

玲夜に褒めてもらえるのがなにより嬉しい。

透子にもこの姿を見せたくなった柚子は、玲夜に全身写真をスマホで撮ってもらい送信する。

すぐに既読がつき、『柚子かわいい！』というメッセージが返ってきた。

『ありがとう』と返信していると、コンコンと小さくノックの音がする。

柚子が扉を開けると、足下から元気のいい声が聞こえてくる。

「あーい！」

「あいあい！」

どうやらノックの主は子鬼だったよう。

子鬼はいつもの甚平ではなく、柚子と同じコックコートとコック帽を着ていた。

「似合う？」

「どう～？」

にぱっと笑いながら手を広げてくるんと回ってみせる子鬼たちに、柚子は相好を崩す。

「かわいい！」

『なかなか似合っておるだろう？』

子鬼の後ろから龍とまろとみるくまで部屋に入ってきた。

子鬼は駆け足で玲夜の元へ行ってコックコートを自慢げに見せている。玲夜も満足そうに口角を上げた。

子鬼たちの衣装は、玲夜から元手芸部部長への正式な依頼第一弾になったものだ。コックコートと聞いて、元部長は鼻血を噴き出しそうになりながら親指をグッと立てたとか。

写真は必ず送るように頼まれているので子鬼を呼ぶ。

「子鬼ちゃん。写真撮るからテーブルの上に立ってくれる？」

「あーい」

「やー」

ぴょんと飛び乗った子鬼を写真に収め、柚子はしばし逡巡(しゅんじゅん)。せっかくだからと透子や高校時代の友人たちにも共有したところ、続々とメッセージが送られてきた。

『いやぁぁん、かわいい！』

『かわゆす』

『子鬼ちゃん、ラブ』

『次の作品に期待大！　続報を待つ』

などなど、高校を卒業しても子鬼の人気は健在のようだ。

このように気安くやり取りできる友人が料理学校でもできたらいいのだが。

今日声をかけてくれた澪はとても話しやすくて、ぜひとも友人になりたいと柚子は思った。

一度着替えてから戻ると、子鬼も甚平に着替えており、コックコートと帽子を正座しながら丁寧に畳んでいた。

その姿がなんとも愛らしいので、その場面も思わず写真に収めてしまう。

「アオーン」

足下を擦りつけるようにまとわりついてくるまろを撫でてから、柚子は玲夜の足の間に座った。

柚子が微笑みかければ、表情を緩めた玲夜が優しい触れるだけのキスを何度も繰り返す。

「ねぇ、玲夜。今度お店をどうするか業者の人と話したいんだけど、いつがいいかな？」

「そうだな。一年で卒業なら早い方がいいだろう。業者に屋敷へ来るように連絡しておく。後で都合のいい日にちを高道に言っておいてくれ。俺は一緒にいられないかもしれないから桜子に頼むか」

「桜子さんに迷惑かけるのも申し訳ないからひとりでも大丈夫。屋敷に来てくれるなら、いざとなれば雪乃さんに相談できるもの」

　桜子が頼もしいせいか、すがりたくなるが、なんでもかんでも桜子を煩わせるわけにはいかない。

「ちゃんと護衛はつけるぞ？」

「うん。玲夜に任せる」

　たとえ屋敷の中といえど、他人を入れるならば護衛は必須だとあきらめているので反対意見はない。鬼龍院玲夜の妻という価値が分からないほど柚子も鈍くはないのだ。

「できればお店の制服も準備したいんだけど、ネットで探せばいいのかな？　それに店を開くなら食材の仕入れ業者も考えておかないとだよね」

　やらなければならないことが山ほどあって、どこから手をつけたらいいのか分からない。

「それも高道に伝えておけば準備してくれるだろ。店を建てるのも服を作るのも仕入れ業者も、鬼龍院のグループ内の会社ですべてまかなえるからな」

「今さらながら鬼龍院の会社の大きさに驚いてる。それと高道さんの万能さに」

「本当に今さらだな」

　玲夜は微笑むだけだが、鬼龍院がそこまで手広く事業を行っているとは、勉強不足を実感させられる。

「……あれ？　私、料理の勉強するより鬼龍院家のこと勉強するのが先かも？」

「本当に今さらすぎるな」

玲夜は今度こそ、くっくっくっと声をあげて笑った。

「柚子はそのままでいい。好きなことを好きなようにしている生き生きした柚子が一番だ」

「玲夜……」

玲夜の思いやりに感動して抱きつく。

「だが、樹本仁とは必要以上に接触するなよ」

「それ、忘れてなかったのね」

さっきの感動を返してほしいと、柚子はがっくりした。

# 四章

三日間のオリエンテーションが終わって実習が始まった。

最初は手の洗い方や包丁の握り方という基礎の基礎からだ。

授業は実習だけでなく座学もあり、覚えることはたくさんある。大変ながらも充実した学校生活が日々過ぎていく。

相変わらず玲夜は忙しいようだが、柚子の休みの日には時間を作り、柚子の参考になるようなお店を一緒に回ってくれる。

まだまだゆっくりとはいかずとも、ふたりでいられる時間が確保されただけでも嬉しくて仕方ない。

仕事を肩代わりしてくれている千夜には感謝しかないが、玲夜によるとグダグダと文句がただ漏れているらしい。

申し訳なく思いつつも、頑張ってくださいと心の中で応援するしかない。

料理学校に入学してからの柚子は、午前中の授業が終わると教室でお弁当を食べるようにしていた。

というのも、この学校にはかくりよ学園のように食堂もカフェもなく、皆食べ物を持参するか、周辺にある飲食店に食べに行くのだ。

外食は護衛の面でもよろしくないので、玲夜の屋敷のお抱え料理人が毎日美味しいお弁当を作ってくれている。

正直言うと友人を伴ってゾロゾロと食べに行く人たちが羨ましくもあるが、柚子はどうも周りから避けられている気がしてならない。

実習でグループを組む時に声をかけようとすると、気配を察した相手に逃げられてしまう。しかも、誰もかれも実は忍者なのではないかと錯覚するぐらいの素早さで離れていく。

誰ともグループになれず落ち込んでいるところを、澪に声をかけられ救われるというのが毎度のことだった。

澪は普通に他の人ともグループを作り楽しそうにしていたのに、そのグループを離れてわざわざ柚子と組んでくれるのだ。

澪がいなければ間違いなくぼっち決定だった。

柚子には澪が天使に見える。

今もそうだ。仲のよい別の女の子たちに外食しないかと誘われていたのに、それを断って近くのコンビニで昼食を買って一緒に食べてくれている。

柚子は、お店に出せば間違いなくお高めの値段がつきそうな屋敷の料理人が作ってくれたお弁当を口に運ぶ。恐らくそこらのお店で食べるより美味しいだろう。

自分もこれほどのお弁当を玲夜に作ってあげられるような技術を身につけたいものだと食しながら思う。

柚子がお弁当に舌鼓を打つ目の前では澪がコンビニで買ってきた菓子パンにかぶりついており、柚子は自分の豪華なお弁当と見比べて申し訳なくなる。

「ごめんね、澪」

「なにが？」

澪は柚子が謝罪する理由をよく分かっていないようだ。

「お昼ごはん誘われてたでしょ？　それなのに断ったのって、私に気を遣ってくれてるよね？」

「あー、いいのいいの。私が柚子と一緒に食べたかっただけなんだから」

「ありがとね」

まったく恩着せがましくしない澪に何度感謝の念を抱いたか。

「というか、どうして私こんなに避けられてるの？　澪は知ってる？」

柚子は残念ながら避けられているので理由が分からない。

すると、予想外のことを聞かれたというように澪が目をぱちくりさせる。

「え、マジで気付いてないの？」

「やっぱりなにかあるの!?」

おかしな問題は起こしていないはずなのだが。

まさか知らないところで龍がなにかやらかしたのか。

思わず龍に視線を向けると、『我はなにもしておらぬぞ！』と首を横に振る。

次に子鬼を見れば、ふたりも慌てたようにブンブン首を振った。

「違うー」

「なにもしてない」

『我だって！』

「えー、じゃあなに？」

他に思い当たるものがなくて悩む柚子に、澪が苦笑を浮かべながら教える。

「柚子ってさ、毎日すんごい高級車で送り迎えしてもらってるでしょ」

「ああ、うん」

目立つ真似はしたくない柚子だが、電車を使った通学など玲夜が許すはずがない。

澪と一緒に帰って寄り道したりしたいが、これぱかりは仕方ないのだ。

もとより花嫁として利用価値のあった柚子は、正式に籍を入れて鬼龍院家の嫁となったことで、本人が思う以上に周りからの価値が上がったのである。

それにより邪なことを考える愚か者も出てこないとも限らない。要は、金銭を目的に誘拐される可能性もあるという。

もしくは、怨恨。鬼龍院ともなると逆恨みされる覚えは腐るほどある。

そんな中で、嫁が無用心にひとりで歩いていたら狙われても文句は言えない。自分だけならいいが、周囲を巻き込む可能性だってあるのだ。

たとえ窮屈でも車通学は必要な措置だった。

「やっぱり目立ってる？」

かくりよ学園の時は登下校時ともなると高級車であふれていた。

この学校でもたまに車で送り迎えしてもらっている者もいるが、さすがに高級車ではない。

「目立ってるなんてもんじゃないわよ。毎日身につけてる服も靴も鞄も全部高級ブランド品だしさ」

学校では着いてすぐにコックコートに着替えて授業を受けるので私服でいるのは登下校の時だけなのだが、見る人は見ているようだ。

「しかもそれ！」

澪は子鬼と龍を次々に指さした。

「そんな奇妙な生き物連れてて目立たないはずないでしょうよ」

「だよねー。でも一応私のボディガードだから、連れて歩かないわけにもいかなくてね……」

「それに加えて柚子の名前も問題よ。鬼龍院ってさ、あの大企業の鬼龍院よね？」

「気付いちゃった？」

あまりにも澪が変わらぬ態度でいたために気付かれていないと思っていたが、違ったようだ。

「そんな人外のマスコット連れてたら、嫌でもあやかしとつなげるって。その小さい子なんて角生えてるし。あやかしに関係があって鬼龍院ときたら、もう、ねぇ。直接は聞いてなくても関係者だって言ってるようなものでしょ」

「私のこと、だいたいの人が察してる？」

「そうじゃない？　私にも柚子とは関わらない方がいいよって助言してくる子もいるし」

「えっ、そんなに嫌われてるの？」

関わるなとまで言われているなんて、どうりで誰も近付いてこないはずだ。

激しくショックを受ける柚子。

「嫌われてるっていうかさぁ、なんていうの？　怯えられてる感じかな。下手なことして鬼龍院を敵に回したりしたら、今後の就職に不利になるじゃない。鬼龍院の影響力は広いって誰だって知ってるもの」

「だから避けられてるのか……」

「それにさ、鬼龍院って鬼のあやかしのはずなのに、柚子って見た感じ人間でしょう？　なのに鬼龍院を名乗ってるのが余計によく分からない存在と化しちゃって、取扱注意のレッテル貼られてるのよ」

「やっと、理由が分かった。ありがとう……」

かくりよ学園では鬼龍院だからと媚びを売る人間にたかられたが、まさか逆のパターンになるのは予想外だった。

しかも、柚子が人間と分かっていながらも鬼龍院と名乗っていることについて、花嫁と思わないあたり、柚子の予想以上にあやかしの世界に詳しくない人たちが多いようだ。

柚子の場合は早いうちから妹の花梨が妖狐の花嫁となったので、嫌でもある程度の知識がついたが、世間はそうではないのだと理解させられた。

だからといって、今さら鬼の花嫁で、すでに人妻ですと言うつもりもないし、その必要性も感じない。

「でも、澪は他の人みたいに避けないの？」

話を聞いて一番不思議なことだった。

「えー、だってそんなしょうもない理由で仲間はずれみたいな幼稚な行動するのは私の主義に反するのよね。それに柚子って話しやすいし、しゃべってて楽しいんだもん」

率直な気持ちをぶつけてくれる澪の言葉が嬉しくて、柚子ははにかむ。

「つけ加えると、鬼龍院の関係者っていうなら、あわよくば職を斡旋してくれるかもだし」

あははは っ！と机をバンバン叩いて大笑いする澪からは発言が冗談だというのが伝わってくるが、明け透けすぎる。

「せめてオブラートに包んでもらいたいんだけど」

「嘘嘘、冗談よ～。だって私は自分の店を持つのが夢なんだし。鬼龍院なんて関係ないもの。柚子だってそうでしょう？」

「うん。私も自分のお店が完成するのが待ち遠しくて」

「えっ！　もしかしてすでにお店持ってるの？」

澪が驚いたように目を丸くする。

「ううん、お店はまだ。今は更地だから、これから建てていくの。できれば卒業までに完成したらいいなって」

「場所どこ？　できたら絶対食べに行くから」

「えっと――」

柚子はスマホで地図アプリを起動させて、お店の場所を澪に見せる。

「うわっ！　ここってめっちゃ高級住宅地じゃない。土地高かったんじゃないの？」

「それが、鬼龍院の持ってる土地だから名義変更しただけみたいで……」

あり金を全部渡すと言ったのだが、いずれ玲夜が相続する土地だから問題ないと一銭も受け取ってくれなかった。

『俺のものはすべて柚子のものだ』

蕩けるような笑顔で言われた殺し文句に、柚子は撃沈した。

名義を変えたら必要になる相続税も、柚子の知らないうちに高道が対処してしまった後だったので、口を出す暇がなかった。高道ときたら弁護士資格だけでなく税理士の資格まで持っていたのである。

万能秘書のおかげで手続きもスムーズだったとか。

どうやったら高道のようななんでもできる秘書ができあがるのだろうか。ひとえに玲夜への一途すぎる主人愛が成し遂げた努力の結果としか言いようがない。

桜子が腐ったのは高道にも原因があったのではないかと柚子は思っている。

「あ～あ、お金持ちはいいわよねぇ」

少し離れたところから聞こえてきた声に、柚子と澪は視線を向ける。

声を発したのは同じクラスメイトの鳴海芽衣だ。

鎖骨ほどの長さの黒髪を黒いゴムで後ろにひとつでくくり、黒縁の眼鏡をした飾り気のない素朴な女の子。しかしどこか気が強そうな雰囲気を持っていた。

これまで話をしたことは皆無だったのに、なぜか頻繁ににらまれるのだ。

気のせいかと思ったが、明らかな敵意を感じる。

柚子へ害意を持つ者には敏感な龍や子鬼も同じ意見なので、勘違いなどではないだろう。

幸いなにもされていないので玲夜には報告していない。

子鬼や龍が告げ口していそうだが、玲夜から鳴海の話題が出たことはなかった。

鳴海ににらまれる理由も分からず、かといって本人に聞いて逆上させても困るので、柚子はとりあえず知らぬふりをし続けている。

そんな鳴海から初めて声をかけられた。彼女の言葉には明確な毒が含まれているのを肌で感じる。

柚子のなにが気に入らないのだろうか。同じ教室にいるだけで、必要以上の接触はないというのに。

柚子が困惑した表情でいると、鳴海は憎々しげに柚子を見ながら口が止まらない。

「それってさあ、自慢なの？　庶民にはこんな土地買えないだろうって」

嫌みっぽく言われた柚子は、困惑した様子で謝罪することを選ぶ。

「……そんなつもりはないです。気を悪くしたならごめんなさい」

確かに他人からしたら、恵まれた柚子の発言は金持ち自慢に聞こえても不思議ではない。

「はっ、なに？　殊勝に謝っちゃって、悲劇のヒロインぶってるの？　私が悪者みたいじゃない。どうせその土地だって男に貢がせたんでしょう？　そんな汚い土地を自慢なんかしても誰も羨ましがらないわよ」

さすがに言いすぎだと柚子はカチンときた。

確かに男に貢がせたといえばそうなのかもしれない。

けれど、あの土地は玲夜からのサプライズプレゼントだ。

柚子にとっては玲夜の心が詰まった大切なものを、これまで話したことすらない赤の他人に蔑まれたりしたくなかった。

まるで玲夜の込められた想いを否定されたようで怒りが湧く。

子鬼と龍はすでに臨戦態勢に入っており、柚子も反論しようと口を開こうとしたところで澪に先を越された。

「なによ、あんた。羨ましいなら羨ましいって言いなさいよ。僻(ひが)んでんの？」

「はあ!?　関係ないでしょ！」

「どう考えても関係ないのはあんたの方でしょうが！　こっちの話に聞き耳立ててたわけ？　下品だとは思わないの？　盗み聞きしといて勝手にキレんじゃないわよ、迷惑だわ！」

「盗み聞きなんてしてないわよ！　あんたたちが大きな声で話してるから勝手に聞こえてくるんでしょう！　聞かれたくないなら外に行きなさいよ！」

自分以上に怒りを爆発させて怒鳴り合う澪の姿に、柚子はあっけにとられた。

「どこでなにを話そうとこっちの勝手でしょう！　くっちゃべってる人は他にもいるじゃない。なのになんで私たちだけに文句言うのよ。それとも話に加わりたかった？　気が付かずにごめんあそばせ。そっちがどうしてもってお願いするなら会話に入れてあげなくもないわよ」

ふふんとどこか小馬鹿にするように口角を上げる澪に、鳴海は怒りで顔を真っ赤にしている。

「そんなのいらないわよ！」

そこでようやく言い合いは終わり、鳴海はきびすを返して自分の席へ戻っていった。

「えっと、ありがとう……」

あまりのふたりの迫力に柚子の怒りもどこかに吹っ飛んだ。

「いいのよ～。あの子、前からなんか柚子が気に食わないって顔してて、いつか突っかかってくるんじゃないかと思ってたのよね」

「あっ、澪も気付いてた？」

「そりゃあ、あんなに分かりやすく親の敵かってぐらいにらみつけてたら気付くでしょ。私は実習中も柚子と組んで一緒にいることが多いし、余計にね。最初私がにらまれてるのかと勘違いしてたぐらいだし。ちなみに、あの子になんかしたの？　知り合い？」

「まったく。話しかけられたのもこれが初めてだし」

話しかけられたというよりは、喧嘩を売られたという言葉の方が正しい気がする。

「ふーん。まあ、なんで嫌われてるのか知らないけど、またなにかあっても私が撃退してあげる」

「頼もしいね。お礼に好きなおかずをあげる」

「やった。その肉団子で！」

柚子はクスクスと笑い肉団子を差し出した。


実習が始まってもそんなすぐに料理は教えてもらえない。入学して数週間、柚子が実習で習っているのは野菜の切り方だ。

大根ひとつにしても、千切りなどの代表的な切り方から柚子も知らなかったようなものまでさまざまな切り方があり、それらを知るのが楽しい。

学校は早朝、授業が始まる前に実習室を開放しており、食材を好きに使って練習していいことになっているが、朝食は一緒に取るという玲夜の決めたルールがあるので早くには学校に行けない。

その代わり、柚子は朝早くに起きて、キッチンで屋敷の料理人たちに混ざり、ひたすら野菜を切るのが最近の日課となっていた。

屋敷で勤める使用人たちの朝食用にも大量の食材を必要とするので、柚子が練習で使った食材たちは料理人により使用人の食事へと作り替えられ一石二鳥。

さらには自分で切った野菜を使いスープや味噌汁にして玲夜の朝食に持っていけば、玲夜も朝から機嫌がいいという二鳥どころか三鳥になる。

ここのところ午前中は玲夜の機嫌がいいと高道にも褒められた。

ちなみに午後からは早く帰りたがって機嫌は急降下するらしい。

ぜひとも機嫌回復のために玲夜専用のお弁当を作ってほしいと高道に頼まれた柚子は、気合い十分に了承した。

とはいえ、まだ本格的な料理を習っていない柚子の作るお弁当は素人止まり。完成したお弁当を見てはため息をついてしまう。

「うーん。やっぱりプロの料理人が作るお弁当の方がよくないかなぁ」

柚子が作った玲夜のお弁当の横には、屋敷の料理人が作った柚子用のお弁当が並んでいた。

隣に置くのが失礼なほど見た目の差があり、当然味だって比べものにならない。

そんな下手くそなものを玲夜に食べさせるのかと気が引けた。

「いっそ、私が作ったことにして綺麗な方を渡しちゃおうか」

『それはバレたら後でショックが大きいと思うぞ。というか、蓋を開けた瞬間にひと目で分かるであろう』

「やっぱり？」

龍のもっともな意見に、柚子は仕方なく自分で作った分を玲夜の弁当袋に入れた。

渡す時が一番緊張するのは、こんな粗末なお弁当を渡していいのかという罪悪感があるからだ。

前はなにも考えずに玲夜にお弁当を作って渡したりもしたが、よくよく考えれば彼は鬼龍院の次期当主。

きっと子供の頃から最高の料理を食べてきて舌も肥えているに決まっている。

柚子の作ったものは口に合わないのではなかろうか。

「玲夜、本当に私の作ったのでいいの？　こっちのプロの料理人が作った美味しいお弁当の方がよくない？」

聞くまでもなく絶対にプロのお弁当がいいに決まっているのに、玲夜は柚子が作った方の弁当袋を大事そうに受け取った。

「いや、俺はこれがなにより欲しい。どんな料理より柚子の作ったものが一番だ」

お礼代わりに頬にキスをしてくる玲夜は、言葉の通り嬉しそうなのが伝わってくる表情をしていた。

だが、絶対に選ぶ方を間違えている。

なのに玲夜は、帰ってきたら必ず空になったお弁当箱を渡して『美味しかった』と褒めてくれるのだ。

そんな玲夜に報いる方法はひとつしかない。

「私、学校でちゃんと料理を勉強してくるからね。それでちゃんと美味しい料理を玲夜に作るから！」

「ああ。楽しみにしている。柚子の最初の客になるのは俺しか許さないからな」

「うん」

玲夜すら唸るものを作ってみせると意気込む柚子に、玲夜はなにか思い出したよう。

「そういえば、例の店のデザインの件だが、今度の週末はどうだ？　その日なら俺も休める」

「本当？　玲夜がいてくれるならその日で大丈夫」

「分かった。高道にもそう伝えておく」

「楽しみ～」

お弁当のことも忘れて一気にご機嫌になる柚子に、玲夜は再びキスをして会社へ向かった。

『柚子。そなたも急がねば遅刻するぞ』

「うわ、そうだ。子鬼ちゃん、行くよー」

「あーい」

「あいあーい」

子鬼が元部長お手製の斜めがけ鞄を持って、慌てて走ってきた。中には実習中に使うコックコート一式が入っている。

元部長ときたら、玲夜と正式に契約して給金が発生したことでリミッターを外し、頻繁に子鬼用の服を送ってくるようになってしまった。

創作意欲は留まることを知らず、先日などはデザイン画を送ってよこし、子鬼に選ばせていた。完全に子鬼専属のデザイナーである。

本業は大丈夫なのかと心配する量に、そろそろ子鬼専用のクローゼットが必要かと玲夜と話しているところだ。


そして、予定していた週末。

玲夜は久しぶりに仕事が休みで、朝からのんびりとふたりで過ごしていた。

おそらく結婚して初めて新婚らしい時間をともにしているかもしれない。

いっそ誰にも邪魔させず、ふたりで部屋に閉じこもっていようかとすら思うが、今日は別の意味でも柚子が楽しみにしていた日なのだ。

「お客様がお見えです」

雪乃が部屋の外から声をかけてくると、柚子は喜びを隠せない表情で跳び上がった。

「玲夜、早く早く！」

急かすように玲夜の手を引いて客間へ行くと、高道の他に女性がふたり来ていた。

「玲夜様のご要望通り、女性のデザイナーを用意しました」

「玲夜……」

なんとも言えない表情で柚子は玲夜を見上げる。

「余計なことを話すな」

「失礼いたしました。しかし、このように仕事相手にすら嫉妬するほど玲夜様は花嫁様を大事にしておりますので、くれぐれも粗相のないようにお願いしますよ。もちろん、仕事の不備があろうなどもってのほかです」

「ひっ！」

「はいぃ！」

連れてこられた彼女たちは見たところあやかしではなく人間のようで、高道の笑顔の圧力に身を震わせ怯えているではないか。かわいそうに。

「高道さん、そんなにプレッシャーかけなくても大丈夫ですよ」

「いいえ、玲夜様から任された大事な柚子様のお店ですから、手抜かりがあってはなりません。もちろん私も確認しますので柚子様はご安心を」

「あ、ありがとうございます……」

柚子の大事な店だからではなく、玲夜に頼まれたというところが重要だ。

玲夜至上主義の高道が選んだ人選なので優秀な人たちなのだろうが、今回ばかりは高道に目をつけられて不憫でならない。きっとあとで胃薬が必要になるだろう。

柚子は心の中で静かに合掌した。

全員が座り、女性ふたりがノートパソコンを広げる。

「で、ででででは、奥様のご要望をうかがえればと思います」

言葉に動揺が見られるが、柚子は気付かないふりをして理想とする店の雰囲気を伝える。

玲夜があらかじめ考えてくれていたイメージ図に、柚子の希望をどんどん加えていく。

仕事の話になると女性たちの顔つきも代わり、柚子から次々に希望を引き出す会話のうまさは、さすが高道に目をつけられただけあると感心してしまった。

あまり想像できていない部分は、彼女たちが持ってきた大量のパンフレットを見せてもらいながらイメージを膨らませていった。

話は何時間にも及んでしまったが、あまり疲れたとは思わなかった。

むしろ満足感いっぱいで高揚している。けれど、聞く方はきっと疲れただろう。

「すみません。いろいろと」

「いえいえ、大切な自分のお店ですもの。こちらとしてもイメージに齟齬がないようにしていきたいので、どんどん聞かせてください」

女性たちは嫌そうな表情は微塵も見せず、ほんわかとした笑顔を向けられ柚子も安心する。

「ありがとうございます」

「店内に置く備品のパンフレットもお渡ししておきますね。けれど実際に見てさわれるショールームに行かれるのをオススメします。その方が使いやすさも分かりやすいですし」

確かにキッチン台を始め什器類も、実物を見て大きさや使い勝手を確認した方がよさそうだ。パンフレットだけでは伝わりきらないところもあるだろう。

柚子はおずおずと玲夜をうかがい見る。

「またの休みにな」

その言葉に柚子はぱっと表情を明るくした。

高道がなにか言いたそうな顔をしていたが、玲夜がそれ以上のことを口にしないので大丈夫だろう。……たぶん。

「では、今日お話しさせていただいた内容を元に完成予想図を作りますね。あくまで仮ですので、気になった箇所は修正していきますから気軽におっしゃってください」

「よろしくお願いします」

打ち合わせが終わると、彼女たちは逃げるように帰っていった。それはもう足早に。

よほど高道からのプレッシャーが怖かったと見える。しかし、お店の完成までは付き合ってもらわなくては困るので、柚子は自分だけは優しく接しようと心に留め置いた。


それから一週間後、柚子の元に完成予想図が届けられた。

玲夜が作った最初の案から、さらに柚子の好みを足したものに新しくなっている。

「わぁ、すごい」

「よく見て気になるところをまとめておいてくれ」

柚子の喜ぶ様子を、玲夜は微笑ましげに見つめている。

「はーい」

もう十分すぎるぐらいの内容だったが、よくよく見ていくと気になるところはたくさんあった。

ずっと使っていくお店なのだから妥協するべきではないなと、学校の休み時間を利用して気になった場所を忘れぬうちにメモしていると、澪が興味津々に柚子の手元を覗(のぞ)き込んだ。

「なに、それ？」

「前に言ってた、私のお店のイメージ画なの」

「えー、すごい。見せてもらってもいい？　私も参考にしたいから」

「うん」

柚子と同じく自分の店を持ちたいと話していた澪にならいいだろうと紙を渡し、柚子は黙々と改善点をまとめる。

ひとつが気になると、別のところも気になってくるから不思議だ。

けれど考えることが嬉しくて仕方ないのは、やはりある程度のイメージが柚子の中でできあがっているからだろう。

その店で働く自分の姿が浮かび心が躍る。

ショールームへ行くのは少し先になりそうだというから柚子は大人しく待つしかないが、気が急いてならない。

「いいじゃない。すっごくかわいいし、どこか品があるわね」

「女性が来やすいお店にしたいの」

「え～、羨ましいな。私もこんなお店を持てたらいいけど、いつになるやら。宝くじでも当たらないかなぁ」

「ふふっ。ちなみにお店の制服のデザインもあるんだけど、見て感想を教えてくれる？」

すかさず「見せて見せて〜」とテンションを上げる澪に見せるのは、従業員用の制服にしようと予定しているものだ。

これは鬼龍院の会社を頼らずに元部長にお願いすることにした。

最初は断られてしまったのだが、子鬼にも着せたいと告げれば、まさに鶴のひと声。

休日返上で描き上げたデザイン画を何枚も送ってきたのである。

子鬼の威力はすさまじいなと、なんとも複雑な気持ちになりながら確認したデザイン画は、子鬼に着せることを抜きにしてもとても素晴らしかった。

女性が好きそうな高級感のある制服とお願いしていたので、どれも品のある仕上がりになっており、甲乙つけがたい。

そこで澪に意見を聞こうと思ったが、澪も結論は出ないようだ。

「うーん。こっちはかわいい系で、もうひとつはかっこいい系。どっちもよくて迷うわね」

「でしょう？　私も選べなくって」

さすが普段から子鬼の服をたくさんデザインしている元部長だ。女性の好きそうなツボというのをよく心得ている。彼女に頼んだのは間違いではなかった。

いっそ二案とも作るかと考えていると、目の前の空いた机にバンッと鞄を叩きつける鳴海がおり、柚子と澪は体をびくつかせる。

「金持ちは苦労知らずでいいわね」

前に揉めて以降、さらに柚子を敵視するようになった鳴海は、ことあるごとに金持ちを揶揄して嫌みを言ってくるようになってしまった。

鳴海がそんな態度をとるのは柚子にだけ。あまりクラスメイトと交流しない彼女は、柚子と同じくどこか教室内で浮いていた。

まるで手負いの猫のように近付くなオーラを発しているので、周りも話しかけづらい様子だった。

同じくクラスから浮いてる存在でも、仲良くしたいのに避けられている柚子とは少し状況が違う。鳴海から誰かに話しかけているのを見たことがない。

ただ、例外となるのが柚子である。まあ、話しかけるといっても口にする内容は毒ばかりなのだが……。

さすがに何度も繰り返されると慣れてきて、今は怒りも浮かんでこない。

そんな柚子とは反対に必ず噛みつき返すのが澪だった。

「あ～ら、盗み聞きさん、またいたの？」

ぎろりと鳴海ににらまれても平然としている澪は、かなり気が強いようだ。

それは鳴海もだが。

「まあまあ、澪も落ち着いて」

なぜか嫌みを言われている柚子がなだめるという事態に陥っている。普通は逆ではないのだろうか。

その間、子鬼と龍は今にも噛みつきそうな眼差しで鳴海をじとーっと見ているので、そっちも目が離せない。

「柚子はもっと怒った方がいいわよ！」

「ふんっ！　そっちのお嬢様はお金持ちだから庶民とは関わりたくないんでしょうよ。鼻にかけちゃって性格悪いわね」

「柚子はそんな子じゃないわよ」

「わざわざ学校にまでそんなものを持ってきて見せびらかしてるじゃない。自慢してるんでしょう？」

鳴海の言っている『そんなもの』とは、柚子が持ってきた店の完成予想図のことだ。

これは確かに自分が悪いかもしれないと柚子は反省する。

店を持ちたくても金銭的理由で持てない者もいるだろうに、嬉しさのあまりよく考えずに持ってきてしまった。

それを羨ましがると同時に妬む者もいるかもしれないのに。

「ごめんなさい。もう持ってこないわ」

決してその場を収める口だけの謝罪ではなかったが、鳴海は気に入らないようだ。

「口だけならなんとでも言えるわよ」

ふんっと鼻を鳴らして席に着いてからは、その日一日柚子を無視し続け一瞥すらしなかった。


なんとなく鳴海と気まずい空気が流れている。

柚子がそう思っているだけなのかもしれないが、なぜあそこまで嫌われているのか未だに分かっていない。

まだ入学して一カ月ほどしか経っていないのだ。

その間に鳴海と話したのは数回だけ。むしろ澪と鳴海の方が喧嘩腰だが会話をしていると思う。

知らないうちになにかしてしまったのだろうか。柚子が悪いなら理由を教えてくれればいいのだが、聞く耳を持ってくれそうにない。

「どうしたものかなぁ」

ロッカーで私服に着替えながら柚子は頭を悩ませた。

着替え終わったのを察した龍と子鬼が姿を見せる。

『放っておけばよい。我が排除してもよいぞ？』

「玲夜みたいなこと言わないでよ。……念のため聞くけど玲夜に話した？」

龍はそっと視線を逸らした。子鬼ふたりもである。

「伝えちゃったんだ。でも、玲夜からなにも聞かれてないけど、どういうつもりなんだろ？　知らないうちに対処されたら怖いから止めておかないと」

聞いてくれるかは柚子のお願いの仕方次第なところがあるが、放置するわけにもいかない。

『別に止めずともよくないか？　あのような者どうなろうが関係なかろう』

「嫌みを言われただけじゃない。それに彼女が怒った理由にも完全に反論できないし。……見せびらかしたつもりはないんだけど、結果的にはそう見えてもおかしくない状況だったからなぁ。金持ちの自慢と取られても仕方ないのかも」

少し浮かれすぎていたのかもしれない。

『あの者、柚子が鬼龍院の新妻だと知らぬのではないか？　教えたら嫌みも口にできなくなるであろうに』

「そんな権力でものを言わせるのは嫌よ。ただでさえ普段から虎の威を借る狐状態なんだし。学校内の問題ぐらい玲夜の力を借りないで自分でなんとかしないと。さすがに実害が出てきたら相談しなきゃいけないけど」

相談したが最後、確実に学校を辞めさせられそうなのが問題だ。

『柚子になにかあったら即辞めさせそうではあるな』

今まさに柚子が心の中で危惧したことと同じ内容を龍が口にする。

「だからこそ玲夜に相談しづらいのよ。玲夜の気持ちを無視して通わせてもらってるわけだし……。あれ？」

鞄に荷物を詰めていた柚子はロッカーの中に置かれていた封筒に気が付いた。

『どうしたのだ？』

「あーい？」

「あい？」

柚子の異変に龍と子鬼が柚子の手元を覗く。

封筒の中には一枚の便箋が入っており、紙にはボールペンで、『今日の君も綺麗だよ。僕の柚子』と書かれていた。

「えっ、なにこれ。気持ち悪い」

内容を理解すると一気に総毛立った。

しかもいつの間に入れたのか。

ロッカーはひとりひとりに用意されており、それぞれに鍵がかかっている。鍵は授業中ずっと柚子が持っていた。

柚子は慌てて鞄の中を確認するも、なにか取られた形跡はない。

ほっとしたが、素直に安心できない問題が発生してしまった。

『柚子、実害が出ておるではないか。これはさすがに報告案件であろう』

「えっ、いや、ちょっと待って。まだ手紙が入ってただけだし」

『しかし、鍵がかかっておったのだぞ？　なにも取られていないか？』

「大丈夫みたい。ちょっとした嫌がらせかもだし、少し様子を見てからにしよう。別のロッカーに替えてもらえば解決するはずだから」

龍と子鬼は不服そうな顔をしていたが、玲夜には告げ口せずにいてくれた。


次の日、替えてもらったロッカーからまたもや手紙が出てきて頭を抱える。

『今日のワンピースよく似合っているよ。僕の柚子』と書いてあった。

気味の悪い手紙に、柚子は怯えた。

手紙に対してではない。手紙の存在を知った玲夜がぶち切れるのを想像してだ。

「ヤバいヤバいヤバい」

いつぞやの透子のようにヤバいを繰り返す。

『うーむ。あやつに知られたら絶対に辞めさせられるな』

「あい」

「やー」

龍の冷静なコメントに子鬼たちがうんうんと頷いている。

「ま、まだ二回目だし、実害があるわけじゃないから、大丈夫大丈夫」

『現実逃避しておるな』

「玲夜怖い」

「玲夜キレる」

子鬼も玲夜の怒った姿が目に浮かぶのか、話した方がいいのでは？という顔をしている。

しかし、柚子はあきらめが悪かった。

「お願い！　玲夜には黙ってて。ひどくなりそうならちゃんと私から話すから」

龍と子鬼たちに向かって両手を合わせる。

『うーむ。危険だと思ったら柚子がなんと言おうと我が話してしまうぞ？』

「うん」

『まあ、我らがいるわけだし、少し様子を見るか。霊獣である我の加護があって、柚子を害することなどそうそうできるとは思えんし。それでよいか、童子たちよ？』

ふたりの子鬼は声をそろえて「あーい」と手を上げた。

龍たちの結論に柚子は心の底から安堵する。

「ありがとうね」

こうして、しばらく様子を見ることとなった。


ただの嫌がらせだと言い聞かせて日々を過ごしていた柚子だったが、日を追うごとに手紙の内容は過激さを増していく。

一応教師には報告した。

そのたびにロッカーを替えてもらったが、どうやっているのか、しっかりと鍵をかけたはずのロッカーの中に手紙が入れられているのだ。

学校側は鍵の管理を徹底するようにしておくとし、柚子にはひとりで行動しないようにと注意を促された。

さすがにここまでくると玲夜に相談せねばと思うのだが、なにか問題が起きたら辞めさせると言われていたのを思い出し躊躇（ちゅうちょ）してしまう。

「あー、どうしよう」

言いたくない。けれど、報告せずに放置していたら余計に後が怖いことになる。

そんな時に頭に浮かんできたのは桜子だった。

柚子は帰宅すると玲夜が帰ってきていないことを確認して、すぐさま桜子に電話をした。

「もしもし、桜子さん。今いいですか？」

『ええ、かまいませんよ。どうされましたか？』

柚子は順を追って、最近学校で起こっている問題を話した。

『それはまた困ったことになりましたね』

おっとりとした声の中に困った様子が伝わってくる。

柚子には千夜ですら敵わない霊獣である龍と、玲夜が作った子鬼がついていると桜子は分かっているので、柚子の身を心配する言葉はすぐに出てこなかった。

桜子も玲夜の反応を一番気にしているに違いない。

「玲夜に話す前に桜子さんに相談したくて」

『ええ、ええ。玲夜様に桜子さんに知らせたが最後、確実に辞めさせられますでしょうね』

「やっぱり桜子さんもそう思いますか」

なんとか逃げ道はないものか。

『子鬼と霊獣様は一緒ですか？』

「はい。手紙の件があってからは常に一緒にいてもらっています」

『それがよいでしょうね。霊獣様がいらっしゃれば大抵のことは解決してしまいますから』

「強力なボディーガードがいても心配性なのが玲夜なんですよ」

　わざわざ言わずとも、あやかしである桜子の方がよく分かっているはずだ。

「どうしたらいいですか、桜子さん？　まだ全然勉強できていないのに辞めたくないんです」

『……承知しました。玲夜様より先に私を頼ってくださった柚子様のために、ひと肌脱ぎましょう！』

「ありがとうございます！」

　やはり桜子に相談してよかったと思った瞬間だった。

『沙良様にはご相談してもよろしいですか？　そうすれば密かに護衛を学校内に配備できますから。玲夜様にバレた時の対策にもなりますわ』

「桜子さんにお任せします」

　沙良ならば、現状を知っても玲夜に告げ口したりせずに柚子の味方になってくれるだろう。

『柚子様は今まで通りに学校へ通ってくださいまし。その間に私の方で調べておきますので』

「よろしくお願いします！」

　こうして柚子は強力な味方を得たのだった。

# 五章

桜子に相談してから数週間経つ。

その間にロッカーに入れられた手紙は当日のうちに桜子へ届けるようにしていた。

学校では、樹本仁が講師を務める週一度の授業の時になると、女子生徒たちが浮き足立つ。

端整な顔立ちと海外でも活躍していたという華麗な経歴を持つ彼に、熱い眼差しが向けられていた。

とはいえ、美形ばかりのあやかしが通うかくりよ学園で四年も過ごした柚子にとったら別に騒ぐほどでもない。

なにせ家に帰れば、ここにいる女子生徒全員が悲鳴をあげるような、あやかしトップクラスの美しい容姿を持つ旦那様がいるのだから。

玲夜の顔を毎日見ている柚子が、樹本に心動かされるはずがないのだ。

だが、樹本が作る料理には激しくときめいてしまう。

自分では考えもつかない創作料理を試食をさせてもらった時の幸せな気持ち。

こんな気持ちを自分も与えられるお店を作りたいと思う。

もともと彼が目当てで今の学校を選んだのだ。樹本の授業の時にはより一層真剣になり、必死でノートにペンを走らせる。

そんな柚子に、樹本はやけに優しく接してくれる。誰がどう見ても特別扱いを感じてしまうほどに。

　おかげで柚子は多くの女子から、贔屓されていると反感を買うようになってしまった。

「では、今日の授業ではオムレツを作りたいと思います。まずは私がお手本を見せますね」

　そう言うと、樹本は柚子に視線を止めにっこりと微笑む。

「鬼龍院さん、私の隣でお手伝いをしてくれますか？」

「えっ……は、はい」

　名指しされた柚子は困惑した顔で澪を見たが、肩をすくめるだけだ。

　人をかき分け前に出る柚子に、女子から敵意の籠もった眼差しでにらまれる。

　指名しているのは樹本で柚子ではないのに、なんとも理不尽だと思いながら彼の隣に立った。

「私が手本を見せますので、その後で鬼龍院さんに試してもらいますね」

「はい」

「しっかり見ていてください」

　女子が黄色い悲鳴をあげたくなるような爽やかな笑顔を樹本が柚子に向けると、女子からの視線もまた強くなる。

なぜこうなったのか。

樹本はなにかあるとすぐに柚子を呼びつけ、手伝いと称して隣に立たせるのだ。

それ以外でも、柚子にだけはことさら時間をかけて丁寧に料理の指導をするので、柚子は毎度いたたまれない。

もとからクラスで浮いていた柚子は、樹本からの特別扱いにより、さらに女子の敵と化していた。

樹本がなにかと柚子を特別扱いする理由はなんとなく分かっている。

入学前、玲夜は子鬼と龍を柚子と一緒にいさせるために、学校側に鬼龍院の威光を存分に発揮して脅迫まがいのことをしたようなので、きっと樹本も学校側から柚子には気を遣うように言われているのだろう。

まさか柚子を守るために子鬼たちをごり押ししたのに、そのせいで柚子がクラスから嫌われるとは玲夜も想定外なはずだ。

樹本だけにとどまらず、他の教師もどこか柚子を腫れ物にさわるかのように接してくるので、柚子の予想は間違っていないと思っている。

樹本が華麗なフライパン捌きで卵を包みオムレツを作ると、周囲からの拍手が自然と湧き起こる。

特に女子たちは目をキラキラさせてオムレツではなく樹本を見ていた。

樹本を目当てにこの学校を選んだ人もいるだろう。柚子とてテレビで樹本が紹介されたのをきっかけに樹本の存在を知り、この学校を選んだので、ある意味ファンと言ってもおかしくない。

樹本ではなく、樹本の料理のファンという違いはあるが。

「では、次に鬼龍院さんにやっていただきましょう」

「はい」

溶き卵をバターを入れたフライパンに流し入れ、樹本のお手本を頭に思い浮かべながら見よう見真似でフライパンを動かすが思うようにうまくいかない。

苦戦している柚子に、樹本が後ろから抱きしめるように柚子の手を支えたものだから、女子から悲鳴があがる。

「きゃー」

「やだやだ、羨ましい！」

「なんでいっつも鬼龍院さんばっかり」

背後に感じる樹本の存在に身を固くする柚子は、女子からの妬みの声も耳に入ってこない。

「あ、あの、先生！」

離れてくれと口を開く前に、樹本が囁く。

「ほら、力を抜いて。フライパンはこう動かすんですよ」

樹本は柚子の手の上からフライパンを握り、柚子にフライパンの振り方を教えるように動かした。

そこにいやらしさのようなものは感じられず、ただ柚子に教えようとしているだけに思ったので、樹本の存在を気にはしつつも柚子は目の前のフライパンに意識を集中することにした。

樹本のサポートのおかげで綺麗にできたオムレツを持って自分の席に戻る。

「はい、では皆さんも同じように作ってみてください」

何事もなかったかのように淡々と授業を進める樹本に他意はなかったのだろう。しかし……。

『うーむ。さっきの瞬間を写真に収めてあやつに送りつけたら、あの講師は間違いなく消されるな』

龍の言う『あやつ』とはもちろん玲夜のことである。

「先生は教えようとしてただけよ」

『それで納得すると思うか？』

柚子は言葉が出てこない。

玲夜なら間違いなく納得しないだろう。あんなにも異性と体を密着させたと知った途端に監禁されかねない。

「……私、学校選び間違えた？」

玲夜の選んだ学校に行っていれば、少なくとも変な口出しはしなかったはず。

『それも今さらだな。柚子はできるだけあの講師に近付かぬ方がよいぞ。あの講師の身のためにもな』

「あい」

「あい」

子鬼も真剣な表情でうんうんと何度も頷いた。

樹本の授業が終わると、ぐったりと椅子にもたれかかる柚子の肩を澪がポンポンと叩く。

「お疲れ～」

「澪、私どんどんクラスから浮いていく気がするんだけど……」

これまでは避けられていただけなのに、樹本のせいで完全に女子の敵になってしまっている。

「あー、まあ、しょうがないわね。樹本先生イケメンだもん。私はタイプじゃないけど。だから柚子が気に入られててもなんとも思わないから安心して」

「澪～」

もうこの学校では澪だけが心の支えだ。

「しかし樹本先生ってば、ほんとに柚子ばっかり指名するわね」

「おかげで贔屓だなんだと陰で言われまくってます」

さすがの柚子も心が折れそうだ。一年で卒業というのが今は救いである。

「先生に色目使ってるとかも言われてるしね」

「えっ、それは初耳。聞きたくなかった……」

色目を使っているなどと、噂でも玲夜の耳に入ったらとんでもないことになる。

「しかし、なんであそこまで柚子が贔屓されてるのかしらね」

「たぶんだけど、鬼龍院だからじゃないかな？」

「なるほど」

鬼龍院のネームバリューは、わざわざ説明するまでもない。

「このまま続けていけるか自信喪失しそう……」

柚子に対して憐憫(れんびん)を含んだ眼差しを向ける澪。そこへ……。

「だったら、学校辞めれば？」

刺々しい声でそう口にしたのは、鳴海だ。

「金持ちのくせにこんな学校通ってるからそんなふうになるんでしょ。嫌なら辞めなさいよ。こっちは真剣に勉強しに来てるのに、金持ちの道楽でやられても邪魔なのよ」

「また、あんた！」

澪が目をつり上げて臨戦態勢に入るが、かまわず鳴海は続ける。

「別に学校なんかに来なくても、お金があるんだから好きに自分の店を作ればいいじゃない。わざわざ媚びまで売っちゃって、目障りなのよ！」

鳴海は好き放題に罵声を浴びせると、さっさと出ていってしまった。

澪と喧嘩にならなかったのは、柚子がそれとなく止めていたから。

「柚子ったらどうして止めるのよ。ああいうのには一度ガツンと言わないと延々と文句垂れ流してくるわよ？」

『我も同感だ』

「あい！」

「あいあい！」

龍も子鬼も澪の味方のようだが、柚子はあまり鳴海に対してどうこうしたいという思いはない。

「あそこまで嫌われるって私がなにかしちゃった可能性もなきにしもあらずだし、彼女の性格からして一度喧嘩が始まったら終わらなさそうだもの。聞き流したら満足するみたいだし、これからは放置しよう」

「むー」

澪は納得いかなそうに口をへの字にしているが、柚子の意見は変わらない。

「どうせ一年の間だけだし、我慢すれば丸く収まるから。どうせその後、関わり合う人でもないもの。今だけ、今だけ」

「柚子がそう言うなら仕方ないけど……。やっぱりムカつく！」

不満顔で怒りを抑える澪が、自分のために怒ってくれることが嬉しい。

いい友達ができたなと心が温かくなる柚子は、澪とは卒業後も付き合いを続けたいと密かに思った。


授業が終わり、澪とともにロッカーへ行く。

子鬼と龍はそばで目を隠しながら待機している。これまではロッカーのある部屋の外で待っていたのだが、例の手紙が入るようになってからは意地でもついてくるようになってしまったのだ。

柚子もひとりにならないように気をつけている。

ロッカーの前でひと呼吸してから気合いを入れて開けると、やはりそこには例の手紙があった。

一昨日は入っていたため場所を変えてもらったところ、昨日は入っていなかったので安心していたのに、やはり意味はなかったようだ。

手紙は毎日ではなく、入っている日と入っていない日があることを桜子にも伝えているが、今のところ犯人は特定されていない。

玲夜に気付かれぬように密かに動いているせいで、犯人探しに時間がかかっているみたいだ。

玲夜は柚子のことになると無駄に勘が鋭く、万が一にもバレて柚子が学校を辞めさせられることにならないように桜子も十分に気を遣ってくれている。

その結果犯人探しが遅れてしまうのは仕方がないけれど、誰のものとも分からない手紙を見るのは嫌気がさす。

思わず深いため息が出た。

「また入ってたの？」

「うん」

澪には不気味な手紙のことを話していた。

柚子は手袋をはめて封筒を手にする。

「今日はなんて？」

手袋をするのは桜子からの指示だ。指紋がついているかもしれないから、証拠を残しておいてくれとのことだった。

この手紙は後で桜子に届ける手はずになっている。

さわるのも嫌になってくるが、仕方なく中を見て澪に読み聞かせる。

「えーっと、今日も君の視線を感じたよ。そんなに僕が好きなんだね。両思いで嬉しいよ……」

柚子の顔からいっさいの感情が抜け、澪は盛大に顔を歪めた。

「ヤバ！　ぞわっとしたんだけど。もう初夏だってのに鳥肌立った」

澪はそう言って両腕を擦っている。

「同じく」

柚子はジップつきの袋の中に手紙をそっと入れた。

「ねぇ、その手紙ってあの女の嫌がらせじゃないよね？」

「あの女？」

「鳴海芽衣よ。一番柚子に敵意を持ってるのはあの女でしょう」

「うーん。でも彼女ってこんな回りくどい嫌がらせなんかせずに直接言ってきそうだけどなぁ」

しかも、嫌がらせにしてもなぜこんな内容なのか分からない。

「そんなの分かんないじゃない」

「そうだけど、最近はいろんな人から嫌われまくってるから、他の女の子の可能性もあるよね」

「否定できないのが悲しいところよね」

非常に複雑な顔で納得してしまう澪。

柚子はがっくりと肩を落とした。

樹本からの特別扱いが始まってから、いろいろ問題が多発して頭が痛くなる。

「とりあえずこれは調べてもらうにしても、手紙が入ってるだけでなにも取られてないのが不思議。手紙入れるだけって嫌がらせにもなってないよね。その瞬間が気持ち悪いだけで」

「まあ、そうよね。相談した先生もあんまり深刻に考えてくれないんでしょ？」

「うん。さすがに盗まれたものがあったら別だけど、ほんとに手紙だけだから、最近はまたかみたいな感じで軽く見てるみたい」

なので、大事にしたくない学校側は玲夜に報告していないようだ。

それは助かるが、学校の対応としてどうなのかと疑問に思ってしまう。

桜子が動いてくれているので続報を待つしかないのが現状だった。

帰りに本家敷地内にある荒鬼家に寄って、この手紙を桜子に届けようと思い学校の外へ出ると、いつもいるはずの車が見当たらない。

「あれ？」

首をかしげる柚子に、澪も不思議がる。

「柚子のお迎えの高級車ないわね。遅刻？」

「なんでだろ？」

現在位置を問おうと思ってスマホを見ると、いつの間にか通知が来ていた。

確認すれば、玲夜からメッセージが届いている。

『前いたコンビニにいる』

「この先のコンビニにいるみたいだからそっち行くね」

玲夜が迎えにきていると悟り、自然と柚子の顔もほころぶ。

「そうなの？　じゃあ、私もついでに行こうかな。買いたいものがあって」

「うん」

澪も一緒となると玲夜と鉢合わせる可能性が高いが、彼女ならかまわない。むしろ玲夜に紹介したいと思うほど心を許していた。

コンビニの駐車場には見慣れた車があった。

柚子に気付いたのか車から玲夜が出てくると、澪もすぐに見つけたようだ。

「あっ、初日に学校前にいたイケメン」

「玲夜」

澪にかまわず玲夜に真っ直ぐ向かうと、澪は驚いた顔をしていた。

「えっ、柚子の知り合い!?」

「うん」

はにかみながら柚子は玲夜を紹介する。

「彼は玲夜ね。玲夜、こっちが仲よくしてくれてる片桐澪ちゃん」

「あわわわ、よろしくお願いします！」

「ああ、柚子が世話になっているようだな」

「いえ、こちらこそ！」

玲夜を前に慌てふためく澪は、柚子を引っ張ってヒソヒソ話す。

「ちょっと聞いてないんだけど！　なにあのイケメン？　イケメンがすぎるじゃないのよ！　前はなんにも言ってなかったじゃない」

「いや、だってその頃は澪に会ったばかりでよく知らない人に玲夜を紹介するのは気が引けて……。下手に紹介したら、次の日には学校中に噂が広がって大騒ぎになるでしょう？」

「確かに」

澪は玲夜の顔を再度確認してから納得した。

「でも、あれから澪をよく知れたし、澪ならところかまわず言いふらしたりしないかなって」

「私を信用してくれたわけね」

柚子の焦りにも気付かずに澪は続ける。

「澪!?」

「手紙?」

「別に急いでるわけじゃないから大丈夫よ。それよりそんな頼りになりそうな彼氏がいるなら、例の嫌がらせの手紙のことも相談したら?」

「あー、澪。コンビニでなにか買うものがあったんじゃなかったっけ?」

これはマズいと、柚子は慌てて間に入った。

ぴくりと玲夜の眉が不快そうに動く。

「樹本だと?」

「柚子にこんないい人がいるなんて初めて聞いたのでビックリしました。どうりで樹本先生になびかないわけですね。こんなにイケメンな彼がいるんですから」

柚子は感心した。

玲夜の顔面凶器のような迫力のある美形を前にしても臆することのない澪の様子に

「名乗るのが遅れてすみません。片桐澪です!」

機嫌をよくした澪は、玲夜のところに戻った。

「ならばよし。黙ってたこと許してあげる」

「うん」

「あっ、もしかしてすでに相談してた？　今日も手紙が入ってたんですよ。僕たち両思いだね的な内容の手紙があって、何度ロッカーを替えても入ってるから気味悪いですよね。先生もあんまり深刻に取り合ってくれないし、保護者の方から厳しく言うようにした方がいいですよ」

「……柚子」

静かな、けれど激しく怒っているのが分かる玲夜の声に、柚子は終わりを悟った。

「は、はい……」

「話は帰ってからだ。乗れ」

顔色を悪くする柚子を強制的に車に乗せ、玲夜と柚子の様子に困惑しながらも笑顔を浮かべる澪と別れた。

屋敷に着くや抱き上げられ、そのまま玲夜の部屋に強制連行される。

関わりたくないと逃げようとした龍を素早く捕獲して道連れにした。

『我は知らぬぞ～』

「逃がさないんだから」

「あいあい」

「あーい」

子鬼は捕まえずとも心配そうに追いかけてきてくれる。なんて優しい子たちなのか。

そして、柚子と子鬼と龍は玲夜の前で正座をさせられた。

「どういうことだ？」

「えーっと……」

頭をフル回転させるが、この場から逃げるいい手は思い浮かばない。

『柚子、素直に白状した方が身のためだと思うぞ』

「ぐっ」

己の不利を悟り、柚子は鞄から例の手紙が入った袋を玲夜に恐る恐る渡す。

「なんだ、これは？」

「中を見てください」

内容を確認する間の沈黙が息苦しい。

そして、顔を上げるや般若と化した玲夜の尋問が始まった。

「……いつからだ？」

「入学して一カ月経ったぐらいからです……」

くわっと玲夜の眼光が鋭くなり、柚子は心の中で悲鳴をあげた。

「そんな前から、どうして黙ってた」

「だって……問題があったら、玲夜は学校を辞めさせようとするでしょう？」

「当たり前だ」

「だから、黙ってました……」

沈黙が続き、空気が重い。

「……それで、もしなにかあったらどうするつもりだった？」

怒鳴るでもなく怒りを露わにするでもない玲夜の冷静さが逆に怖い。

「入ってたのは手紙だけなの。なにも取られてないし、それに絶対ひとりにはならなかったし……。気を付けてたから大丈夫かなと……」

責める玲夜の眼差しが強く、尻すぼみになっていく。

「そう、柚子ひとりにならなかった」

「僕たち一緒にいた」

子鬼が柚子を庇うべく玲夜の足にしがみつく。

「子鬼ちゃん……」

なんて健気なんだろうか。思わず涙が出そうである。

しかし、玲夜は冷めた眼差しで子鬼を見つめている。その時……。

「失礼いたします」

般若がいる部屋に堂々と入ってきたのは、先ほど車の中でこっそり救援要請のメッセージを送った桜子だ。

まさに天の助け。

「桜子さん!」

「まあまあ、柚子様。そんなところで座り込まれて。さぞかし怖い思いをなさったでしょうに。手紙の一枚や二枚で動じるなど、ほんとに柚子様のことになると玲夜様はポンコツになられますわね」

玲夜をポンコツ呼ばわり。

「桜子さんが強すぎる……」

『我でもさすがにそこまで言えぬぞ』

「あーい」

「やーやー」

頼もしい味方の登場に、一気に緊張した空気が緩んだ。

間違いなくこの場を支配しているのは、女神のような神々しい笑顔を浮かべている桜子だった。

玲夜も桜子が入ってきて、苦虫を嚙みつぶしたような顔をしている。

「桜子は知っていたのか?」

「ええ。柚子様から相談されましたので。沙良様もご存じですよ」

「柚子、どうして俺に相談しない」

先ほどの怒りはどこへやら、寂しそうな表情を浮かべる玲夜に柚子の心が痛む。

「あっ……」

思わず差し伸べかけた手は桜子に止められた。

「なにをおっしゃいます。そんなの、玲夜様が柚子様のことになると頭がカチコチに固まってしまうからではございませんか。柚子様の身を案じるのは当然ですが、心も大事にしなくてはなりません。玲夜様はそれを理解していたから入学をお許しになったのでしょう？」

「桜子……」

玲夜はなんとも言えない表情を浮かべる。

「それはそうだが、柚子になにかあった後では遅い」

「ですから柚子様はちゃんと私に相談なさいましたわ。沙良様にもお話しして、柚子様を守る体制は整っております。玲夜様がなさるのは柚子様を叱ることではなく、いかに柚子様が快く過ごせるかを考えることではありませんか？」

腰に手を当てて玲夜を叱りつける桜子と無言で視線を合わせる玲夜は、一拍ののち深く息をついた。

「悪かった」

あの玲夜を言い負かした。

「桜子さんが玲夜の婚約者だった理由が分かる気がします」

思わずパチパチと拍手をする柚子と子鬼ふたりに、桜子は矛先を柚子に向ける。

「本来なら柚子様が玲夜様の手綱を握らなければならないのですよ？　玲夜様の奥方は柚子様なのですから」

「はい。すみません……」

それを告げられてしまったら言い返せないと、柚子はしょぼんとする。

「まったく……。柚子様ときたら、ようやく玲夜様を尻に敷くようになったかと思いましたのに、まだまだ修行が足りませんよ」

「精進します」

今度は玲夜にではなく桜子に小一時間叱られ、満足した桜子は帰っていった。

「あ、足が……」

正座していたために足が痺れた柚子が悶え苦しむ。

「あーい」

「あいー」

子鬼はどうしていいのか困ったように柚子の周りを走り回る。

すると、ひょいっと柚子の体が抱き上げられた。

もちろん、柚子に遠慮なく触れるような真似をするのは玲夜しかいない。

「玲夜……」

玲夜は抱えた柚子を膝の上に乗せると、足に触れないように抱きしめた。

「あの、ごめんね。最初に玲夜に相談しなくて」

先ほどの玲夜の寂しそうな顔が忘れられず、柚子は申し訳なさそうに謝る。

「いや、いい。ちゃんと誰かに相談して対処しているなら。ただ、どうしても柚子のことになると理性が働かなくなる。これぱっかりは花嫁を持ったあやかしにしか理解できないだろうな」

「あ、あのね！　別に玲夜に話したくなかったわけじゃないよ？　玲夜をないがしろにしたかったわけでもない。でも、玲夜は私を大事にしてくれてるのを分かってるから、必要以上に心配かけたくなかったの！」

どこか沈んだ雰囲気の玲夜を慰めるように必死で言い募れば、今度は玲夜が静かにくくくっと笑った。

「玲夜？」

「一番は辞めさせられるのを危惧したからだろう？」

お見通しな玲夜に、柚子は顔を赤くした。

「そ、それもあるけど、それだけじゃないの！」

「本当か？」

「本当です」

　ふて腐れたように唇を突き出す柚子の両頬を包む。

「今度からはちゃんと俺に相談しろ。桜子より先にだ」

「辞めさせない？」

「……考慮する」

「それじゃ駄目なの！　絶対って言って」

　そうじゃなければ安心して玲夜に相談できないではないか。

　玲夜は苦い顔をしながら苦悩している様子。

　かなりの葛藤があったのだろう。じとっとした眼差しを向ける柚子と視線を合わせないようにさまよわせながら、しばらく経ってからしぶしぶ頷いた。

「……分かった」

「絶対？」

「絶対だ」

　今度こそ言質は取ったぞとガッツポーズをする。

「よし！」

「だから、学校であった問題をすべて教えてくれ」

「うん」

柚子は入学してから生徒に遠巻きにされていた話や、鳴海の話、そして一番大事な手紙の話をひとつひとつ思い出しながら教えた。

「これまでの手紙はどうした？」

「調べるからって桜子さんに渡してあるよ」

「桜子か……」

複雑な表情を浮かべる玲夜に、彼がなにを言いたいのかなんとなく柚子は察した。

「私も玲夜も桜子さんに一生頭が上がらないかもね」

「ああ」

今後も桜子にお世話になるような予感がした。


翌日、玲夜は朝早くに本家へと向かった。桜子に渡していた手紙をもらいに行くようだ。

これからは玲夜が主導で動くらしい。沙良に苦言を呈されそうだと困ったようにしながら出かけていった玲夜には、沙良からも少し叱ってもらいたい。

大事にしすぎるのも駄目なのだと分かってくれるだろう。

そして、玲夜を見送った柚子は学校へ向かった。

ロッカーで着替えて教室へと行く途中、澪と鉢合わせる。

「あっ、柚子」

澪は柚子に駆け寄ってくるとおもむろに頭を下げた。

「澪？」

「ごめんね、柚子。彼氏さんに手紙の話をした後、柚子の様子がおかしかったからさ。もしかして余計なこと言っちゃったんじゃないかと思って」

「頭を上げてよ、澪ってば。なにも問題ないから」

「大丈夫だった？」

「うん。なんの問題もなかったよ」

大嘘だ。問題ならかなりあったが、桜子のおかげで綺麗にまとまったので、わざわざ澪にそれを話す必要もない。

「よかった」

澪がほっと表情を緩めたところへ、厳しい声がかけられる。

「なにをしているんですか？」

大きくはなかったが叱責するような強さのある声色に、思わず柚子と澪はビクリと体を震わせた。

振り向けばそこにいたのは樹本で、険しい表情をしている。

「樹本先生」

「喧嘩ですか？　なにか問題でも⁉」

一瞬柚子と澪は顔を見合わせ、ブンブン首を振った。

「なんでもないです！」

「しかし揉めているように見えましたが」

「いえいえ、昨日ちょっとした誤解があったので彼女が私に謝ってくれていただけです。もう解決しましたから」

柚子が必死で訴えると、樹本は日を見張り、いつもの爽やか好青年な笑顔を浮かべる。

「ああ、そうでしたか。早とちりしてしまったようです。てっきり鬼龍院さんが虐められてるのかと」

「違います！」

まさかそんな誤解を与えていたとは。

頭を下げていたのは澪なので、むしろ虐めているように見えたのは柚子ではないのか。

そこにはやはり鬼龍院であることの贔屓目があるのかもしれない。

切り出すきっかけとしては今が一番いいのではないかと思った。

「あの、樹本先生」

い。

　柚子へ向ける優しい笑顔がこれから口にする言葉を言いづらくさせるが、今しかな
「なんですか？」

「授業内でのことなんですが、きっと先生は私が鬼龍院だから気を遣ってくれてると思うんですけど、私は他の人と同じ扱いで大丈夫です。そうしたからって先生になにかしたりはしないので気にしないでください」

「えっ？」

　樹本はひどく驚いた顔をする。予想外のことを言われたというような表情だ。

「先生としても、生徒の扱いに差をつけるのは心苦しいでしょうから、今後手伝いを指名する時も私ではなく他の方を選んであげてください。先生に指名されたがっている子はたくさんいるので」

　樹本は困惑した様子で「ちょっと待ってください」と手を挙げるが、それ以上話すのを許さぬように澪の援護射撃が入る。

「そうそう、柚子にはイケメンの彼氏がいるんだし、あんまり先生が柚子を独占してたら彼氏に嫉妬されちゃいますよ～」

「え、彼氏……？」

「あっ、それ違う」

呆然とする樹本を無視して柚子は澪の勘違いを正す。

「違うって？」

「彼氏じゃなくて、お、夫なの」

玲夜を『夫』と口にするのが気恥ずかしく、うっすらと頬が紅潮してしまう。

「はあ⁉」

ぎょっとする澪は柚子の肩を掴んで前後に揺する。

「なに、どういうこと！　彼氏じゃないの？　結婚してたの、あんた！」

「う、うん」

「いつ⁉」

「大学卒業後。この学校に入学する前に」

揺さぶりながら必死で説明すると、澪は「うえぇぇぇ！」と見事に驚いてみせた。

「うっそ。柚子がすでに人妻だなんて」

まだ信じられない様子の澪に、首から下げていたネックレスを引き出す。

「ほら、指輪」

まじまじと見る澪は、指輪の存在で「ほんとだわ」とようやく納得してくれた。

「だったらなおさら扱いには気を付けないと。ねえ、樹本先生。……先生？」

柚子と澪が周囲を見回すと、いつの間にか樹本の姿は消えていた。

「あれ？」

「たぶん教室に向かったんだよ。もうすぐ授業が始まる時間だから」

そう言っている間にチャイムが鳴り始め、柚子と澪は慌てて教室へと走る。

その日の樹本の授業では、初めて柚子以外の生徒が指名されたのだ。

「柚子の話で安心したのかもね」

「そうだね」

柚子と澪はヒソヒソと話しながら、これからはいい方に向かうと感じられた。

しかし、柚子が気付かぬところで事態は動いていた。

授業が終わり着替えるためにロッカー室へと来た柚子は、なにやら機嫌がよさそうにしている。

「なんか今日の柚子はご機嫌ね。なにかいいことあった？」

柚子の喜びの感情が澪にも伝わったのか、なんだか微笑ましそうな顔で柚子に問いかける。

「今日も玲夜が迎えに来てくれるの」

「ああ、イケメン彼氏……じゃなくて、旦那か。いいわねぇ、新婚は」

「ふふっ」

鼻歌交じりでロッカーを開けると、柚子は表情を一変させ顔色が青ざめていく。

「ひっ！」

息をのむような柚子の悲鳴に、澪が近付いてくる。

「どうしたの、柚子？　またあの気持ち悪い手紙？」

呑気に柚子のロッカーを覗いた澪は、顔を引きつらせた。

「なによこれ！」

柚子のロッカーの中はめちゃくちゃに荒らされ、服はなにかしらの刃物で引き裂かれていたのだ。

周囲にいた女子たちもざわざわと集まってきて、柚子のロッカーを見ては悲鳴をあげている。

「ヤバいんじゃない？」

「誰か先生を呼びに行った方がいいよ」

「なになに？　怖っ」

呆然と立ち尽くす柚子に澪が大きな声をかけて正気に戻す。

「柚子！　柚子っ！」

「あ……澪……」

「今、他の子に先生を呼びに行ってもらってるからね。……大丈夫？」

「うん。なんとか……」

近くにあった椅子に座った柚子の膝に子鬼が飛び乗る。

「あーいあーい？」

そうすることで冷静さを取り戻すように、心配そうに柚子をうかがう子鬼の頭をゆっくりと撫でた。

しばらくすると教師が数人やってきて、柚子のロッカーを見た瞬間に顔を強張らせた。

「鬼龍院、心当たりはあるか？」

男性教師の質問に答えられるのはひとつしかない。

「先生にもお話ししていた手紙の件ぐらいです」

男性教師は分かりやすく頭を抱えていた。

これまで、実害がないからとロッカーを替えるだけで目立った対策をしなかったのは学校側だ。

まあ、楽観視していたのは柚子も同じなので一概に学校側だけを責められない。

昨日までは普通の手紙だったのに、犯人は急にどんな心境の変化があったのだろうか。

服を引き裂かれた光景を見たショックがひどくて頭がうまく回らない。

すると、目の前に樹本がしゃがみ込み柚子の手を握る。

「ここにいるのはショックがひどいでしょう。先生方、彼女を静かなところで落ち着かせたいと思いますが、かまいませんか？」

「ええ、お願いします」

先生たちが警察に言うべきかと話し合っている横を、樹本に手を引かれた柚子が通る。

連れてこられたのは、普段、樹本が授業をする実習室だ。

樹本はキッチンでお湯を沸かし、カップに淹れたココアを渡してくれる。

「さあ、これで落ち着いてください」

「ありがとうございます……」

まだ柚子の顔色は優れず、ココアの甘い匂いが動揺した心をわずかにリラックスさせてくれる。

「いただきます」

カップを口に近付けようとしたその時、柚子の腕に巻きついていた龍が尾でカップを叩き落とした。

驚く柚子はとっさに反応できず、床に広がったココアを見つめる。

『飲むでないぞ、柚子。なんのつもりだ！』

龍は樹本に向け鋭い眼差しを向けるが、柚子はなぜ龍がそんな行動をしたのか分からずにいる。

「なにをするんですか？」

困ったように眉を下げる樹本は、龍の告げた『飲み物になにを入れおったのだ！』という言葉で表情が一瞬で抜け落ちる。

そして、憎々しげににらみつけてきた。

ポケットに手を入れ取り出したのは、フルーツ用のナイフ。

「こうするしかない。……こうするしかないんだ。罰を与えなければ」

ブツブツとなにやらひとり言を話す樹本の目はとても正気とは思えない。

爽やかな笑顔を浮かべているいつもとはまったく違う樹本の豹変ぶりに、柚子は恐怖よりも困惑が先に浮かぶ。

「先生？」

「お前が悪いんだ。僕を馬鹿にしやがって」

「いったいなんのことを……」

「うあぁぁ！」

樹本は柚子にナイフを向けて一直線に向かってくる。

逃げなければと頭は働くのに、体は硬直して思うように動いてくれない。

刺される！と、覚悟した時、柚子の周りに青い炎が燃え上がった。

熱さを感じない炎は樹本に燃え移ると、まるで生きているように樹本に襲いかかるではないか。

「熱い！　うわぁ！　助けてくれ！」

周りにある調理器具をぶちまけながら暴れる樹本の手からナイフが落ち、子鬼がすかさずナイフを回収した。

「あーい！」

「あい！」

ピースする子鬼の視線の先には、怒りに目を燃やす玲夜の姿があった。そして、その後ろから澪が走ってくる。

「柚子！　って、ぎゃあ！　柚子が燃えてる！」

慌ててボールに水を流し入れようとしている澪を冷静に止める。

「澪、澪。私は大丈夫だから」

「でも、燃えてるじゃない！」

困ったように玲夜を見れば、指を横に振る。

途端に柚子を守るように覆っていた炎は一瞬で消えた。

「あ、消えた」

「玲夜の――あやかしの能力なの。私には害はないから大丈夫。あっちは違うけど」

柚子の視線の先には、ほどよくこんがり焼けて髪がチリチリになった樹本がうずくまっていた。ちゃんと手加減されていたようで大きな怪我はないように見える。

小さな火傷はたくさんありそうだが、自業自得だ。

玲夜の護衛がふたり入ってくると、樹本を羽交いじめにして無理やり立たせる。

「どうして玲夜が？」

「私が呼びに行ったのよ。柚子が今日も旦那が迎えにくるって言ってたから、コンビニまで走ったの」

なんという機転のよさ。澪は最善の選択をしたことに気が付いていないだろう。

そんな彼女に、柚子は心からの感謝を伝える。

「ありがとう。本当にありがとう」

「感謝はいいから旦那のところに行っといで」

「うん」

玲夜に向かって一目散に走れば、玲夜は腕を広げて抱き止める。

玲夜の温もりと匂いが、柚子の心を安心させてくれる。この腕の中にいれば大丈夫だと感じられた。

「玲夜、ありがとう」

「無事でよかった」

ふたり抱きしめ合っていると、静けさを切り裂くような樹本の叫びが響く。

「この浮気者！　離れろ、柚子は僕のものだ！」

ジタバタ暴れる樹本だが、鬼である護衛に適うはずがなく床に押さえつけられた。

玲夜が目尻を吊り上げながら樹本に一歩近付くのを遮るように、彼の先を柚子が行く。

玲夜も護衛もいるのなら怖がる必要もない。

今は襲われた恐怖心よりも憤りの方が勝った。

「浮気者ってどういう意味ですか？」

「そのままの意味だ。君は僕のものだろう？　僕の彼女なのに、どうして他の男に抱きしめられているんだ？」

「は？」

目が点になるというのはこのことだろうか？

「私が先生の彼女になったことなど一秒もありません」

「そんな嘘はいらない。初めて君を見た時に感じたよ。君の熱い眼差し、熱い想いを。僕を好きだと言っていたから、僕もだよと心の中で伝えたじゃないか」

口元を引きつらせ言葉をなくす柚子。はっきり言ってドン引きである。

「えっ、キモ！」

柚子の心の声を澪が代わりに発してくれた。

「その時から君は僕の彼女なのに、ひどいじゃないか。僕というものがありながら他の男と結婚するなんて！　でも、許してあげるよ。あの世まではそいつも追ってこない。ふたりだけの世界へ行こう！」

恍惚(こうこつ)とした表情でひとり別の世界へ行ってしまっている樹本に、柚子は遠い目をした。

「こういうのを〝電波〟っていうのね」

しみじみと澪がつぶやいた。

樹本を押さえつけている護衛ふたりも気持ち悪そうに顔を歪めている。

こいつヤバい！というのは全員の心が一致しているようだ。

子鬼も盛大に顔をしかめて手に炎の玉を持ち、一歩でも近づいたら攻撃するぞと言わんばかりに戦闘態勢に入っている。

柚子の腕に巻きつっている龍はなぜか別の方向を向いて青ざめているので不思議に思う。

龍の視線の先にいる玲夜をうかがい見れば、般若が降臨していた。いや、魔王かもしれない。

「とりあえずその人連れていっちゃってください！　玲夜が手を下す前に」

「はい！」

「承知しました！」

　ふたりの護衛はさすが勝手知ったるもので、玲夜がボッコボコにしてしまう前に樹本を素早く連れていってくれた。

　樹本がいなくなると、玲夜にぎゅうぎゅうと抱きしめられる。

「やはり護衛は分かりやすく配置した方がよさそうだな。どうしてこう柚子にはおかしなのが寄ってくるんだ」

　チッと舌打ちしながら玲夜はなかなか離してくれない。

『うーむ。なにか対策を取らねばまた変なのが出てきそうではないか？』

「あーい」

「あいあい」

　などと龍の言葉に子鬼が相槌を打ち、澪は「私、先生に報告してくるわ」と告げて、やれやれと出ていってしまった。

　その後、樹本は警察に引き渡すことになり、講師を辞めさせられた。

　まあ、当然の措置だろう。玲夜が鬼龍院の権力を使って闇に葬らなかったのが奇跡に等しい。命拾いしたなというのが素直な気持ちだった。

柚子のロッカーにあった手紙の指紋と筆跡を照合したところ、樹本と一致。

講師なのでロッカーの鍵も使いたい放題だったのだから、何度ロッカーを替えても無意味だったはずである。

学校側も人当たりがよくて生徒からの評判もいい樹本が犯人だとは思っておらず、学校内に少なくない波紋を呼んだ。

しかも、柚子のロッカーが荒らされていたのは多くの女学生が見ていたので、樹本の話は一気に拡散。

翌日にはすべての学生が知るところとなったので、学校側も慌てて説明会を開いたようだ。

柚子は参加していないのでどんな説明があったかは知らないが、柚子の保護者を代表して参加した沙良が大いに立ち回ったらしい。

その勢いで学校内の至るところに鬼龍院の護衛を置くことを認めさせてしまったのだから、いったいどんな交渉がなされたのか。さすが鬼龍院当主の妻といったところだろうか。

沙良は今回の問題を玲夜以上に怒っていたようで、保護者会の後、柚子を散々慰めてくれた。

服をズタズタに引き裂かれていた光景は少なからず柚子にショックを与えたものの、

ちゃんと犯人が捕まったのであまり不安はない。

それどころか、柚子がショックを受けていると気を遣った沙良が、しばらく柚子と一緒にいるべきだと玲夜に強制的に休暇を与えたのだ。

なにやら沙良が千夜を説得してくれたようで、柚子としてはむしろ役得だった。

柚子はここぞとばかりに玲夜に甘える。玲夜の膝の間に座り、膝枕をしてもらい、まろとみるくのようにスリスリと擦り寄った。

そうしているとなんだか安心するのだ。

事件後はしばらく休校となり、時間が経てば事件当時のショックも薄れると思っていたが、やはり今回の事件は衝撃が大きかったのかもしれない。

「やけに甘えん坊だな」

そう言う玲夜は、珍しい柚子の甘えっぷりに最高潮に機嫌がいい。

「嫌？」

そんなはずはないと分かっていて意地悪く聞くのは、玲夜に否定してほしいからだ。

「いいや。毎日こうしていたいな」

柚子の願い通りの言葉をくれる玲夜に抱きつくと、難なく受け止められた。

そしてどちらからともなく唇を合わせる。

「柚子」

「なに？」

「旅行へ行きたくないか？　新婚旅行だ」

「えっ！　旅行!?」

思わず大きな声で聞き返してしまう。

「行きたいんだろう？」

「そうだけど、どうして……」

「旅行のパンフレットを隠してるのを見ていたからな」

確かに新婚旅行には行きたかった。けれど不可能だろうとあきらめていたので、気分だけでも行った気になるべくパンフレットをこっそり取り寄せていたのだ。

玲夜に見せると行きたがっているのがバレてしまい、変な気を遣わせてしまうからと隠していたのに、気付かれていたのか。

「行きたいか？」

「そりゃあ、行きたいけど、仕事が……」

「妖狐の当主が介入してくれたおかげで、一龍斎との問題が予定より早く片付きそうなんだ。夏休み頃になると思うが行きたくないか？」

「行きたい！」

答えなど最初から決まっているので、声を大にして即答した。

「なら、どこに行くか一緒に考えよう」

「ほんとのほんとに行けるの？」

「ああ。さすがに護衛も必要だからふたりきりとはいかないがな」

「それでもいい！　ありがとう、玲夜！」

無理だと思っていた願いが叶いそうで、柚子は幸せいっぱいの笑顔を浮かべる。

なにより些細な自分の言動を玲夜が気にしてくれていたことが嬉しくてならなかった。

夏休みまでまだ少し時間がある。

柚子はカレンダーを見て顔をほころばせた。

# 特別書き下ろし番外編

# 外伝　猫又の花嫁〜出会い編〜

それは中学二年の秋だった。

休み時間が終わり教室へと戻った透子は、先ほどあった出来事の苛立ちを隠そうともせず、椅子に八つ当たりするように荒々しく座った。

今思い出しても腹が立ち、鼻息が荒くなる。

そんな他者を寄せつけない雰囲気を発する透子に声をかけたのは、親友の柚子。

「どうしたの、透子？」

「……フラれた」

「えっ！　フラれたって彼氏に？」

「そうよ。しかも理由がふざけんなって感じなの！」

透子は怒りをぶつけるように机をダンッと叩く。

「なんて？」

「お前のことは好きだけど、まるで男友達といるみたいだ。全然異性としての魅力を感じないから別れてくれ。……って、なによそれ！」

確かに透子はそのさっぱりした性格から男友達も多い。

しかし、気を遣わない話しやすさから、自分を意識するようになったと告白してきたのではなかったのか。

透子の中に沸々と怒りが込み上げてくる。

「女として見られないなら最初から告白してくるんじゃないわよ！」

「それ言われてどうしたの？」

女としてのプライドを傷つけられるような言葉を言われて、透子が黙っているはずがないことを柚子はよく分かっていた。

「ふっ、もちろんただで済ますわけないでしょ」

透子の目は完全に据わっていた。人ひとりどこかで殺ってきたかのような迫力がある。

頬を引きつらせた柚子は念のため確認する。

「生きてるよね？」

「ちょっとボディブローをかましてきただけよ」

そういうところが異性として見られない所以だと分かってはいても、今回ばかりは反射的に体が動いた。

「あー、もう、やめやめ！　あんな男なんてこっちから願い下げよ」

「そうだね。ちゃんと透子の魅力を分かってくれる人がいるよ」

「そうよね」

柚子の慰めに透子は明るく返しつつも、胸の中にできたしこりがスッキリしてくれない。

切り替えの早さは自分の長所だと思っているが、今回ばかりは柄にもなくへこんでしまっているのを感じる。

「こういう時はやけ食いに限るわ。柚子、明日休みだし付き合ってよ」

「おじいちゃんにお小遣いもらったところだからいいけど、どこ行くの?」

「もちろん食べ放題！　食欲の秋って言うものね」

食って食って食いまくって嫌なことは忘れるのだ。


そして迎えた休日、柚子と高級ホテルの近くにある食べ放題のお店へ行く。

立地はとてもいいのだが、中学生でも行けるようなリーズナブルなお店なので、透子のお気に入りだった。

嫌な気分を吹き飛ばすようにたらふく食べて満足した透子は、ぽっこりとしたお腹を撫でながらお店を後にする。

「うっ、苦しい……」

「食べすぎるからでしょうに」

腹八分目で済ませた柚子はあきれ顔で透子を見ている。

「だって食べ放題なんだから元を取らないと」

「それで気持ち悪くなってたらせっかくの美味しい料理も台なしじゃない」

「今は質より量が欲しいのよ」

お腹が満たされたからか昨日の嫌な記憶はどうでもよくなってきた気がする。

少なくとも、今はそれよりお腹が苦しいことの方が大事だ。

「歩いてたらお腹も落ち着いてくるんじゃない？　ちょっと遠回りしていく？」

「あー、そういえば近くのホテルでハロウィーンの装飾してるんだって。カボチャがたくさん飾ってあるらしいから見てみたいかも」

「じゃあ、そっちの方へ行ってみようか」

腹ごなしに近くの高級ホテルに向かうと、顔の形にくり抜かれたカボチャや魔女の人形など、ハロウィーンらしい装飾がされていた。

透子たちと同じ目的だろう人たちが、飾られたホテルの玄関を写真に収めている。

透子も迷わずスマホを向けて写真を撮っていると、柚子がトントンと肩を叩く。

「透子、私ちょっとお手洗い行ってくるね」

「じゃあ、ここで待ってるわ」

「うん、ごめん。すぐ戻ってくるから」

柚子が走っていくのを見届け、透子は邪魔にならないようにホテルの玄関口の脇に寄り、待つことに。

するると、玄関前に黒塗りの高級車が停まり、ホテルの中からなにやら美形な人たちがぞろぞろと出てきた。

（お～、なんかのイベントかしら？）

あまりの美形ぞろいに有名人かと思ったが、見知った顔はない。

「鬼龍院様、本日はありがとうございました」

「またのお越しをお待ちしております」

透子の父親よりも年上に見える人たちが、車に乗り込もうとしている人にへこへこと頭を下げている。

相手はよほどお偉い人なのだろうか。

頭を下げられている相手は背を向けているので顔まで見えない。

「高道、本家まで」

「かしこまりました、玲夜様」

なにやらイケメンの秘書っぽい人に告げて車に乗り込むとあっという間に去っていった。

車が見えなくなるまで九十度の角度で頭を下げていた面々が顔を上げると、誰からともなくため息をついている。

「いやはや、鬼龍院様を前にすると緊張するな」

「我々よりずっと年下なんですけどね」

「さすが鬼の次期当主といったところでしょうか」

「あんな立派な跡継ぎがおられて、ご当主もさぞ鼻高々でしょうな」

などと会話をしながらホテルの中へ消えていった。

「鬼ってことはあやかしだったんだ」

どうりでイケメンな集団のはずだと透子は納得する。

あやかしについて詳しいわけではないが、鬼のあやかしである鬼龍院は説明されずとも知る家柄だ。

「せっかくなら顔を拝んどくんだった」

鬼と言えば、あやかしの中で最も美しいと噂されているあやかしだ。

きっと惚れ惚れするほどに綺麗な顔をしているだろうに。

惜しいことをしたと思っていると、柚子が戻ってきた。

「透子、お待たせ」

「柚子〜、惜しかったわね。もうちょっと早く戻ってきたらいいもの見られたのに」

「なにかあったの？」

柚子はきょとんと首をかしげる。

「今さっき鬼のあやかしが通ったのよ。まあ、顔は見えなかったんだけどね。でも絶対イケメンに違いないわ。背中がそう語ってたもの」

「なにそれ」

透子の説明に、柚子はなにを言っているんだという顔で苦笑する。

「あ〜、あやかしとは言わないけどイケメンな彼氏落ちてないかな。そしたら見返してやれるのに」

見返す相手はもちろん、自分を女の魅力がないとふった元彼である。

「そんな理由で彼氏にされたら、その人がかわいそうでしょう」

「たとえよたとえ。まったく、柚子は真面目なんだから。そう都合よくイケメンが私に惚れてくれるわけないことぐらい分かってるわよ」

けれど想像の中でくらいぎゃふんと言わせたいではないか。

まあ、フラれた腹いせに一発お見舞いしているのだが。

柚子とふたりで町をぶらぶら歩いていると、柚子が人の並んだお店に目をとめる。

「あっ、あそこのチーズケーキ、おじいちゃんが好きなんだよね。せっかくだから寄っていってもいい？　結構並んでるけど」

「いいわよ〜。別に他に寄るとこもないし」

「ありがと」

そうして列の最後尾に並んだ透子と柚子だったが、間もなく透子に異変が。

「柚子、今度は私がお手洗い。ちょっと行ってくる」

「うん」

透子だけが列を離れ、トイレに向かった。

そして、出てきた透子が柚子の元へ戻ろうと歩いていると、突然腕を掴まれ後ろに引かれた。

「おわわっ！」

何事かと振り返る透子の目に飛び込んできたのは、クセのある茶色い髪の毛をした端整な顔立ちの男の子。歳は透子と同じぐらいだろうか。

あまりに顔立ちの整ったその子に透子は一瞬見惚（みと）れる。

しかし、すぐに我に返り、ぎろりとにらみつけた。

「なによ、あんた？」

「お前は俺の花嫁だ！」

「はあ!?」

意味の分からないことを叫ぶ男の子に、透子は盛大に顔をしかめる。

未だに掴まれたままの腕。

透子は手を払おうと必死で腕を振り回すがなかなか離れない。

「俺は猫田東吉だ。お前は？」

「初対面の怪しい人間に名乗るわけないでしょう！　いいから離してよ！」

「人間じゃない。俺は猫又だ」

猫又……。つまりはあやかしということか。

それならば彼の整った容姿も納得できた。

しかし、今はあやかしだろうが人間だろうがどうでもいい。

「猫又だからなんだってのよ！」

「俺の花嫁だって言ってるだろう」

「あー、そうですか。離せってば、この変質者！」

透子は力の限り東吉という彼のみぞおちにグーパンチをめり込ませた。

「ぐっ！」

痛みに悶絶（もんぜつ）する彼はようやく透子の手を離し、両手で殴られたお腹を押さえる。

「ふんっ！」

苛立たしげに鼻息を荒くする透子は、東吉に背を向けた。

「ちょっと待て！」

足早にその場を去ろうとした透子を追ってくるのを振り向きざまに見て、透子は変なのに絡まれたと顔を歪める。

「あー、もう。昨日といい今日といい、男運が悪いのかしら」

そう愚痴りつつ、このまま柚子のところに向かっては巻き込んでしまうかもしれないと、猛ダッシュで駅に向かい電車に飛び乗った。

どうやら人混みの中で相手を巻けたようで、追ってくる気配はない。

そこでようやくほっとひと息ついた透子は、『先に帰る』とスマホにメッセージを打って柚子に送信した。


休日明け、学校に行くと柚子が一番に透子に話しかける。

「急に帰っちゃってどうしたの？　具合悪くなった？　透子食べすぎてたし」

「違うのよ。なんか変なナンパ野郎に捕まっちゃってさ」

「えっ、大丈夫だったの？」

柚子は驚いた様子で心配そうに透子をうかがうが、透子はいつも通りの元気のよさを見せる。

「平気平気。ちゃんと撃退して逃げ切ったから」

「それならいいけど、そういう時は周りに助けを求めた方がいいよ。透子はすぐ無茶するから」

「うん、そうするわ」

と言いつつ、二度目があったとしても助けを求めるより先に手が出てしまうのだろうなと、自分の性格をよく分かっている透子は思った。

それにしてもナンパとは少し違ったように感じるのは気のせいなのだろうか。

「猫又だっけ……」

小さなつぶやきは教室内の喧噪の中でかき消された。

猫又だという彼の言った『花嫁』という言葉が透子の耳に残っていた。

あやかしの花嫁。

あやかしの伴侶として選ばれた人間の女性。

透子はあまり深くは知らない。

「ねえ、柚子？」

「なに？」

「……やっぱなんでもない」

「ん？」

言葉を止めた透子に、首をかしげた柚子。彼女の妹は妖狐の花嫁だ。

多少なりとも花嫁に詳しいはずだが、透子は柚子の家庭がその妹によりうまくいっていないのを知っていたので聞くのをやめた。

どうせもう会うこともないのだし。

そう思っていたのだが、その日家に帰ると見知らぬ男性ものの革靴が玄関にあった。

母親はパートから帰ってきている時間だが、誰か客でも来ているのだろうかとリビングに行くと、昨日の変質者。もとい、猫又のあやかしという男の子がいたのである。

これには言葉も出ずに驚く透子。

リビングの入り口で突っ立つ透子に、彼は「よお」と手を上げて挨拶をする。

まるで我が家のごとくくつろぐ姿に、ようやく硬直から解けた透子は彼を指さした。

「なんでこの間の変質者がいるのよ！」

「誰が変質者だ！　猫田東吉って名乗っただろうが」

「名前を名乗ろうが変質者じゃない証拠にはならないわよ！　そもそもなんでここにいるのよ⁉」

「調べたからに決まってんじゃん」

思わず「はあ⁉」と叫んだ透子は『調べた』という言葉におののく。

「どうやって」

「猫田家の情報網をもってすればこれぐらいできる」

ふふんと得意げな顔をする東吉に透子は吠える。

「まじふざけんじゃないわよ。このストーカーが！」

「ストーカーじゃねぇ。花嫁だって言ってんだろうが」

「今すぐ帰れ！」

ぎゃあぎゃあと騒いでいると、キッチンから透子の母親が姿を見せた。

「あら、透子おかえり。あなたは声が大きいからすぐに帰ってきたのが分かるわねぇ」

のんびりとした話し方をする透子の母親は、透子とは反対のおっとりとした性格をしている。

「お母さん！　なんでこんな怪しげな男を家の中に入れちゃってるの？」

透子の訴えを無視するかのように、透子の母親は東吉の前にお茶とお茶菓子を置いた。

「粗茶ですが」

「あっ、おかまいなく」

「なにもてなしてんの！」

息を荒くして騒ぐ透子に、母親は困ったように頬に手を当てる。

「もう、どうして透子はそう怒りっぽいの？　ほんと誰に似たのかしら。いつか血管ぶち切れちゃうわよ？　ほら深呼吸して。ごめんなさいね、にゃん吉君。昔から騒々しい子で。でも、根はいい子だから嫌いにならないでやってね」

「そこは大丈夫です」

なにやら仲よさげに会話しているふたり。まるで透子が悪いとでも言わんばかりだ。

　それよりも気になった。

「いや、にゃん吉ってなに？」

「彼、東吉君って名前で、猫又のあやかしだっていうから、合わせてにゃん吉君。かわいいでしょう？」

　おっとりと微笑む母親に、透子は脱力した。

　不審人物にあだ名までつけてなにをやっているのか。

　いつか悪徳商法に引っかからないか心配でならない。

「透子があやかしの花嫁に選ばれるなんてすごいじゃない。こんなイケメンな息子ができてお母さん嬉しいわ」

　東吉の顔に見惚れている母親の言葉に透子はぎょっとする。

「ちょっと、どういうこと!?」

「透子はにゃん吉君の花嫁になったんでしょう？」

「違うから！」

「えっ？」

　母親は戸惑ったように東吉と透子を交互に見る。

　すると、東吉が母親に向かって胡散臭い笑みを向けた。

「お母さん、少し透子さんとふたりで話をしてもいいですか？」

「ええ。じゃあ、私は夕食の買い出しに行ってくるわね。にゃん吉君も食べていくでしょう」

「ごちそうになります」

いや、なに食卓を一緒に囲む気でいるのか。当然のように誘う母親も母親である。

そもそも不審者とかわいい娘をふたりだけで残すことに危機感を持ってほしい。

しかし、ツッコむ気力も削がれた透子は東吉の向かいの椅子に座り、母親は買い物に出かけていった。

ふたりだけになったリビングで、先に口を開いたのは東吉だった。

「あやかしの花嫁についてどれぐらい知ってる？」

「多少は。でもそんなに詳しくないわ」

「そうか、なら説明する。話し合うのもまずはそれからだ」

透子としても否やはないので、こくりと頷く。

ぜひとも今の状況を説明してもらわねば頭がパンクしそうである。

「あやかしは本来同じあやかしとしか結婚しない。見た目は似ていても、本質は人間とまったく別の存在だからだ。ここまでは分かるな？」

「まあ、なんとなく」

違うと言われてもどこがどう違うのかまでは透子にも分からないが、今聞くべきことではないだろうと簡単な返事をする。

「そんなあやかしが、時折人間の中から伴侶を選ぶ。あやかしの本能がそいつだとざわめくんだ。理由は知らないが、あやかしが惹かれた人間とは普通に結婚できる。その上、人間の花嫁を迎えたあやかしは霊力が強くなり、その間にできた子供は強い霊力を持って生まれてくるってんで、花嫁は一族から大層大事にされる」

「ふーん」

真剣に話す東吉とは逆に、透子はどこか他人事のように相槌を打つ。

「すべてのあやかしが花嫁に出会えるわけじゃない。だから花嫁を見つけた奴はかなり幸運なんだ。俺のように」

じっと見つめる東吉の全視線が透子に刺さる。

「つまり、あんたの花嫁が私だっていうの？」

「そうだ」

「どこにそんな証拠があるのよ。なにかの間違いじゃないの？」

「違う。間違えるはずがない。町中でお前を見た時、俺の本能がお前だって叫んだんだ！」

そんなことを言われても透子とて困るのだ。

「……で？」

「あ？」

透子はひどく冷めた眼差しを東吉に向ける。

「私が花嫁だからどうだっての？」

「俺と一緒に来い。俺の花嫁になってくれ」

「やなこった」

透子は考える隙間もなく即答した。

「なんでだよ！」

東吉は激しく動揺しながら立ち上がる。

それに応戦するように透子も声を荒らげた。

「あったり前でしょうが！　知り合いでもない相手に突然花嫁になれなんて言われて、嬉しい！……なんて応じるわけないじゃない！」

「でも、お前は俺の花嫁だ。間違いない」

「私には分かんないわよ！　だって私は人間ですからっ」

透子は腕を組んでふんっと鼻を鳴らす。

「しかもその上から目線が一番気に入らないわ。一緒に来い？　来てくださいでしょうが。女の口説き方を勉強して出直しなさぃ！」

まさに取りつく島もない透子の態度。

透子の中で東吉への好感度は下降の一途だった。

最初こそ強気だった東吉もしょぼんとしたように眉を下げる。耳と尻尾があったらぺたんと垂れていることだろう。

「う……、俺の花嫁になってください……」

今度は下手に出た東吉だが、透子の答えはひとつだけ。

「嫌よ」

ぷいっと顔を背ける透子に、東吉は戸惑いを隠せずにいる。

「……じゃあ、どうしたらなってくれるんだよ。ちゃんと大事にするし、俺の家はそれなりに資産家だから金にも困らせない。不自由ない生活を約束する」

「そういうことじゃないのよ！　あんたはいいわけ？　知りもしない相手を花嫁になんて迎えて。普通なら嫌でしょ」

「それは人間の考えだ。花嫁ってのはあやかしの本能が選んだ相手だから、なにを言われようと俺はお前に惹かれて仕方ない」

あまりにも真剣な眼差しに透子は一瞬たじろいだが、すぐに気を取り直す。

「私にはそんな本能ないから、ひと目惚れでもした相手でもない限り無理ね。残念ながらあんたにひと目惚れはしなかったわ。あきらめて帰ってちょうだい」

「嫌だ！」

これだけ強く拒絶すればあきらめるだろうと思ったが、東吉から返ってきたのは激しい否定の言葉。

「お前の言いたいことは分かった。つまりお前が俺に惚れれば問題ないんだろう？」

「えっ、ちょ、ちょっと……」

「上等だ。絶対に俺を好きにならせてやるから覚悟しとけ！」

東吉はびしっと透子を指さして宣言する。

少しすると、買い物ついでに保育園に寄った母親が妹を連れて帰ってくると、友達と遊んでいた弟も続々と帰宅してきた。

東吉は母親たちにも透子にした宣言をして大層母親を喜ばせ、夜になって帰宅した父親にも説明をしてちゃっかり夕ごはんを食べて帰っていった。

なにやら姉弟からの生暖かい眼差しを感じる。

そばでは父親が「こんなおてんばな透子をもらってくれる奇特な子がいるなんて」と、涙を流しながら喜んでいる。

「ほんとよねぇ。透子ったらあんなハイスペックなにゃん吉君のどこが嫌なのかしら。私たちを前に堂々と愛の告白するなんて愛されてるじゃない」

母親からの苦言も右から左に受け流して、透子は早々に部屋に戻って眠りについた。

　翌朝、シャワーを浴びて朝食を食べにリビングに行くと、なぜか当たり前のように東吉が家族の輪の中に座っているではないか。

「なんでいるのよ！」

「昨日言っただろう。お前を惚れさせるって。そのためには一緒にいる時間を取るのが一番だと思ってな」

「帰れ！」

　くわっと目をむく透子に、東吉は立ち上がり近付く。

「な、なによ」

　身を引く透子に東吉はそっと小さな箱を差し出す。そして、明らかにアクセサリー類が入っていると思われる小さな箱を開けて見せてきた。

　中には、ひと粒キラキラと光る石がついたネックレスが入っていた。

「とりあえずプレゼントで攻撃を始めることにした」

「あらぁ、綺麗ねぇ」

　母親が横から覗き込んで目を輝かせている。

「ねぇ、にゃん吉君。これはもしかしてダイヤモンド？」

「はい」

肯定した瞬間、妹が「わぁ、見せて見せて」と走ってくる。

ダイヤモンドのネックレスは妹と弟の手に渡り、食卓の中心に置かれ、家族の目の保養となってしまった。

「おー、これが噂のダイヤモンド」

「キラキラ～」

「もう姉ちゃん付き合っちゃえよ。玉の輿だぞ」

「そうだそうだ。私も玉の輿に乗りたーい」

言いたい放題の弟と妹にそれぞれデコピンをしてネックレスを回収する。

なんとも残念そうな家族を無視して、箱ごと東吉に突き返した。

「こんな高いものもらえないから」

「なんだ、好みじゃなかったのか？」

「そういうわけじゃないけど」

「ならもらっとけ」

東吉はネックレスの入った箱を再び透子の手に渡した。

「風呂上がりの色っぽい透子を見せてもらったお礼だ」

ぽそりと透子の耳元で囁かれたその言葉に透子は顔を真っ赤にした。

それから毎日東吉はやってきた。手を変え品を変え、どこから情報を手にしたか透子好みのプレゼントを持って。

おそらく情報を流したのは家族だろう。

東吉ときたら透子だけでなくしっかり他の家族にもプレゼントを持ってくるので、家族内での東吉の好感度は最高値を突破しているのではないかと思うほどにいい。

毎日来ているのに、うざがるどころか歓迎ムード。

確実に外堀を埋められていっているのを感じる。

最初こそ必死になって逃げ回っていた透子だったが、東吉が透子も好きなアーティストの限定グッズを鞄につけているのを見て珍しく声をかけた。

それがきっかけだったかもしれない。よくよく話をしてみると、好きなアーティストやよく見るテレビに食べ物の嗜好など、とても話が合ったのだ。

あれほどツンケンして東吉の話を流していたのに、最近では家族と話すより東吉と話している方が長い。

毎日毎日あきもせずやってくる東吉の訪れに、胸を躍らせるようになったのはいつからだろう。

透子は東吉に対する感情が最初とは違ってきていることを感じていたが、それを口に出すことはなかった。

あれほどムカついていた元カレのことも、今では話しかけられてもなんとも感じないのはどうしてだろう。

そのたびに東吉の顔がよぎるのはどうしてだろう。

透子は初めて東吉と向き合ってみようかと考えた。

東吉を自分の部屋に招き入れたのは、リビングでは家族の目もあるので透子が素直に話せないから。

東吉は透子の部屋を物珍しそうに見て回っている。

「なんにもおもしろいものなんてないわよ」

「そんなことねえよ。好きな女の部屋がどんな感じなのか男なら気になるだろ」

「すっ！」

普通に東吉の口から『好きな女』と出てきたことに透子は顔を赤くする。

「あんた、そんなこと言ってて恥ずかしくないの！」

「なにが？　本当のことだろう」

東吉は透子の目の前に座り顔を近付けて再び口にする。

「透子が好きだ。あやかしの本能だからと言われてしまえばそれまでだが、俺が透子に惹かれていることは隠しようのない事実だ。お前が欲しい。俺の花嫁として一緒にいてほしい」

いっさいのためらいも恥ずかしげもない、真剣な眼差しが透子を絡め取る。

「わ、分かったから、離れてよ！」

東吉の近さに耐えられなかった透子は、クッションを東吉の顔面に押しつけて距離を取った。

「透子はどうなんだ？　そろそろ俺に惚れたか？」

不敵に口角を上げる東吉に、今度は近くにあったぬいぐるみを投げつけた。

「馬鹿じゃないの！　そんなわけないじゃない」

「けど、部屋に入れてもいいとは思ったわけだ」

今度は優しく微笑む東吉に、透子も反抗的な感情が消え失せる。

「なんで、私なのよ。人間の女なんて他にもたくさんいるじゃない……」

「まあ、確かになぁ。俺もそんな都合のいいことあるかって花嫁って存在には否定的な方だったんだけど、仕方ないだろ。町でお前を見た時にひと目惚れしちまったんだから」

「…………」

透子は顔を上げられず枕を持って顔を伏せた。

「なあ、透子。こうしてふたりで話してくれる気になったってことは、多少なりとも期待していいのか？」

「…………」

透子は答えない。

「俺は花嫁ってのを別にして、お前と一緒にいるのは好きだ。透子とは話が尽きないぐらい楽しいからな」

「……私もよ」

枕に顔を伏せながら、くぐもった声で肯定した。

東吉は驚いていたが、その顔は枕で視界を隠している透子には見えない。

その後に東吉がそれは甘く微笑んでいたことも。

東吉はポンポンと透子の頭を撫でる。

「焦るつもりはないさ。透子の意思を尊重する」

透子はわずかにこくりと頷いた。


そんなことがあった日から一カ月。

ぱたりと東吉が姿を見せなくなった。

「最近にゃん吉君来ないわねぇ」

母親も心配そうに、東吉のために空けられた席を見ている。

「姉ちゃんがいつまでも冷たいから」

「にゃん吉君かわいそう」

弟と幼い妹にまで言われてしまって透子の心に重いしこりのようなものができる。

「他にいい女ができただけでしょう。花嫁だなんて不確定要素だらけのものを信じる方がどうかしてるのよ」

「透子は本当にそれでいいの？」

「なにが？」

「このままにゃん吉君と会えなくなって後悔しないの？」

母親の諭すような言葉に、いつもならすぐに反論する透子は言葉をなくす。

「にゃん吉君が他の女のものになっちゃうよ？　そしたらきっともうお姉ちゃんのことなんか忘れちゃうよ？」

本当にいいの？と妹も問いかける。まだ幼いながら、透子よりもずっと精神的には大人のように見える。

「別にいいわよ」

まるで自分に言い聞かせるように吐き捨てると、透子はいつも通り学校へ向かった。

しかし、授業を受けていても柚子と話していても心ここにあらずな状態で、さすがに柚子にも様子がおかしいことを気付かれて心配させてしまった。

けれど、なんとなく花嫁のことを柚子には相談できなかった。

モヤモヤとした思いを渦巻かせながら学校帰りに久しぶりに寄り道をした。

ずっと東吉が家に来ていたので、寄り道せずに帰るようにしていたのだ。

それは東吉が来なくなってからも続き、いつ来てもいいように学校が終わるとすぐに帰宅するのが習慣になった。

だから本当に久しぶりの寄り道だったが、そこで透子は東吉の姿を発見する。

かわいらしい女の子と腕を組んで楽しげに歩く東吉に透子は顔を凍りつかせた。

次の瞬間、透子は走った。東吉に向けて脇目も振らず一直線に。

そして、東吉も透子の姿を発見すると驚いたように目を丸くする。

それはどんな感情でだろうか。透子に『好き』と言いながら他の女と仲良くしているのを見られた動揺からだろうか。

透子は拳を握ると、そのまま東吉の頬にめり込ませた。

「こんの、浮気者がぁぁ！」

「ぐあっ！」

呻き声をあげて後ろに倒れる東吉に追い打ちをかけるように胸ぐらを掴んで前後に揺する。

「あんた、私を好きだって言ったのは嘘だったわけ!?　そんなにあやかしの本能ってのは優柔不断なの!?」

「いや、待て待て、透子。誤解だ！」

「誤解もくそもあるか！　現にかわいい女の子と腕組んでデートしてたでしょうが！」

　もう一発お見舞いしてやろうかと腕を振り上げると、その手を東吉と一緒にいた女の子が掴む。

　止めに入ったのかと思いきや、女の子はなんともキラキラとした眼差しで透子を見ているではないか。

「やーん。あなたが透子ちゃんね～。息子から話は聞いてるわ。なんて勝ち気な子なのかしら。それだけ元気があれば東吉とも仲良くやっていけるわねぇ。お母さん安心したわ。これからも息子の東吉をよろしくね」

「……息子？　お母さん？」

　こてんと首をかしげた透子は、東吉を見下ろして再び聞く。

「息子？」

「そう、それ俺の母親」

　一気に透子の怒りの熱が冷めていく。

「あ、あはははは……」

　透子は笑いながら少しずつ距離を取って逃げようとしたが、逃がしてくれるはずもなく東吉に捕獲された。

「どういうことだ、こら。今のは体の頑丈なあやかしじゃなかったら歯折れてるぞ」

低い声ですごむ東吉に、透子は視線をさまよわせる。

「えーと。いや、かわいい女の子と楽しそうにしてたから浮気したとばかり……」

「あのな……」

「だって最近全然家に来なくなったから別の女ができたと思ったのよ」

「俺はお前が好きだっつっただろうが。他の女に目を移してる暇はねぇよ」

頬を擦りながら静かに叱る東吉は、どこか悲しそうに見える。

「俺の言葉が信じられないか？」

「だったらどうして最近来なかったのよ」

じとっとした眼差しで見れば、東吉はばつが悪そうにする。

「あー、それは母さんのせいだ」

透子は東吉の母親とは思えない童顔の女性に目を向けてから東吉に視線を戻す。

「花嫁ができたなら一族にも話を通して、いつでも迎え入れられるように準備しろって言われてな。そのためにいろいろ動いてたら透子の家に行ってる時間がなかったんだ」

「えー」

それなら連絡のひとつもよこせばいいではないかと思って気付く。あれだけ毎日家に来て話をしていたのに、東吉とは連絡先の交換すらしていなかったと。

「それで？　俺に言うことは？」

「すいませんでした」

完全なる透子の勘違い。ここは素直に謝るのが吉だ。

「まあ、いい。殴られ損ってわけでもないしな」

「どういう意味？」

「浮気だって怒ったってことは俺に好意があるって思っていいんだろ？」

ぶわっと透子の顔に熱が集まる。

「それはその……」

「俺が他の女と腕組んでるのが嫌だったんだろ？」

「う〜……」

その通りだ。東吉が来なくなって強がりを言っていたが、実際に彼が女の子と一緒にいるのを見て頭に血がのぼった。彼を取られたくないと。

透子は深いため息をつくと、両手を上げた。

「降参です」

白旗を上げた透子に、東吉は嬉しそうに「よっしゃ！」と拳を握る。

「よし、ならサクサク話をつけるぞ」

「話をつけるってどういうこと？」

言葉の意味を理解しかねる様子の透子を無視して、東吉はご機嫌のまま透子の家に行くと、彼女の家族の前で両思いになったことを報告する。

いつの間に用意していたのかクラッカーを鳴らして大喜びする家族に、透子は恥ずかしくなる。

その日の夜は透子の家でお祝いをして大騒ぎをした。

翌日、なにやら朝から引っ越し業者がやってきて透子の荷物を運んでいくではないか。

これに慌てたのは透子だけ。家族はのんびりとリビングでお茶をしているし、業者とともにやってきた東吉はテキパキと指示している。

「ちょっと、どういうこと？　どうして私の荷物を運ぶのよ」

「そりゃあ、これから猫田家で一緒に暮らすからだろう？」

「はあ!?　そんなの聞いてないわよ！」

「透子の両親には許可もらったぞ」

透子はドタドタと足音を立てて両親の元へ行く。

「お父さん、お母さん！　猫田家で暮らすってどういうこと？」

「あら、聞いてなかったの？」

「にゃん吉君によると、花嫁ってのはあやかしの家で暮らすものなんだっていうからさ。透子と離れたくないんですって面と向かって言われたら、なんだかお父さんの方がドキドキしちゃったよ」

「たまには帰ってきなさいねぇ」

なんとも呑気な両親である。

そんな大事なことを勝手に決めるなんてなにを考えているのか。

「どうして先に私に相談しないのよ、にゃん吉！」

彼のことを『にゃん吉』と呼んだのはそれが初めてだった。

以後、にゃん吉が定着してしまう。

そうして猫田家で暮らすことになった透子は、なんだかんだ喧嘩しつつも、東吉とうまくやっていくのだった。

完

# あとがき

こんにちは、クレハです。

『鬼の花嫁』新婚編をお手に取っていただきましてありがとうございます。

皆様の応援のおかげで続編シリーズを刊行していただけることになりました。

無事に結婚と相成りました柚子と玲夜ですが、それでハッピーエンドとはいきません。

結婚したからこその葛藤や、花嫁ならではの悩みは結婚したからこそ見えてくるものがあります。

けれど玲夜の柚子への想いは変わることなく、それ故に柚子を困らせてしまいます。

ですが、それと同時に玲夜の優しさも伝わることと思います。

今回はようやく念願の料理学校に入学できた柚子ですが、理想通りとはいきません。

新しく登場したキャラクターも出てきて、彼女たちがどのように柚子と関わっていくかも注目していただけたらと思います。

前巻までは巻末に子鬼とゆかいな仲間たちの番外編を書かせていただきましたが、
今回からは『猫又の花嫁』ということで、透子と東吉の外伝を書いていけたらなと思っています。

前々から書きたかった透子と東吉の馴れ初め話はいかがでしたでしょうか？

私もお気に入りのふたりなので、書いていてとても楽しいです。

皆様にもこのふたりの話も楽しんでもらえるように頑張っていきます。

この鬼の花嫁は富樫じゅん先生によりコミカライズもされていますので、そちらの方と合わせて楽しんでいただけたら嬉しいです。

まだまだ始まったばかりの新婚編。謎のままの部分もありますので、今後少しずつ秘密を明かしていければと思います。

皆様どうぞよろしくお願いいたします。

クレハ

この物語はフィクションです。実在の人物、団体等とは一切関係がありません。

クレハ先生へのファンレターのあて先
〒104-0031　東京都中央区京橋1-3-1　八重洲口大栄ビル7F
スターツ出版（株）書籍編集部 気付
クレハ先生

# 鬼の花嫁　新婚編一
～新たな出会い～

2022年8月28日　初版第１刷発行
2024年8月28日　　　第７刷発行

著　者　　クレハ　©Kureha 2022

発 行 人　菊地修一
デザイン　カバー　北國ヤヨイ（ucai）
　　　　　フォーマット　西村弘美
発 行 所　スターツ出版株式会社
　　　　　〒104-0031
　　　　　東京都中央区京橋1-3-1　八重洲口大栄ビル7F
　　　　　出版マーケティンググループ　TEL 03-6202-0386
　　　　　（ご注文等に関するお問い合わせ）
　　　　　URL　https://starts-pub.jp/
印 刷 所　大日本印刷株式会社

Printed in Japan


ISBN　978-4-8137-1314-2　C0193

クレハ／著
イラスト／白谷ゆう
鬼の花嫁
緊急大重版!!
不遇な人生の少女が、
鬼の花嫁になるまでの
和風シンデレラストーリー

# スターツ出版文庫　好評発売中!!

## 『わたしを変えた夏』

普通すぎる自分がいやで死にたいわたし（『だれか教えて、生きる意味を』汐見夏衛）、部活の人間関係に悩み大好きな吹奏楽を辞めた絃葉（『ラジオネーム、いつかの私へ』六畳のえる）、友達がいると妹に嘘をつき家を飛び出した僕（『あの夏、君が僕を呼んでくれたから』栗世凛）、両親を亡くし、大雨が苦手な葵（『雨と向日葵』麻沢奏）、あることが原因で人間関係を回避してきた理人（『線香花火を見るたび、君のことを思い出す』春田モカ）。さまざまな登場人物が自分の殻をやぶり、一歩踏み出していく姿に心救われる一冊。

ISBN978-4-8137-1301-2／定価704円（本体640円+税10%）

## 『きみと僕の５日間の余命日記』　小春（こはる）りん・著

映画好きの日也は、短編動画を作りSNSに投稿していたが、クラスでバカにされ、孤立していた。ある日の放課後、校舎で日記を拾う。その日記には、未来の日付とクラスメイトの美女・真昼と出会う内容が書かれていた――。そして目の前に真昼が現れる。まさかと思いながらも日記に書かれた出来事が実際に起こるかどうか真昼と検証していくことに。しかし、その日記の最後のページには、５日後に真昼が死ぬ内容が記されていて…。余命×期限付きの純愛ストーリー。

ISBN978-4-8137-1298-5／定価671円（本体610円+税10%）

## 『夜叉の鬼神と身籠り政略結婚四～夜叉姫の極秘出産～』　沖田弥子（おきたやこ）・著

夜叉姫として生まれ、鬼神・春馬の花嫁となった凛。政略結婚なのが嘘のように愛し愛され、幸せの真っ只中にいた。けれど凛が懐妊したことでお腹の子を狙うあやかしに襲われ、春馬が負傷。さらに、春馬ともお腹の子の性別をめぐってすれ違ってしまい…。春馬のそばにいるのが苦しくなった凛は、無事出産を迎えるまで、彼の知らない場所で身を隠すことを決意する。そんな中、夜叉姫を奪おうと他の鬼神の魔の手が伸びてきて…⁉鬼神と夜叉姫のシンデレラストーリー完結編！

ISBN978-4-8137-1299-2／定価660円（本体600円+税10%）

## 『後宮の生贄妃と鳳凰神の契り』　唐澤和希（からさわかずき）・著

家族に虐げられて育った少女・江瑛琳。ある日、瀕死の状態で倒れていた青年・悠炎を助け、ふたりの運命は動き出す。彼は、やがて強さと美しさを兼ね備えた国随一の武官に。瑛琳は悠炎を密かに慕っていたが、皇帝の命により、後宮の生贄妃に選ばれてしまい…。悠炎を想いながらも身を捧げることを決心した瑛琳だが、神の国にいたのは偽の鳳凰神で…。そんなとき「俺以外の男に絶対に渡さない」と瑛琳を迎えに来てくれたのは真の鳳凰神・悠炎だった――。生贄シンデレラ後宮譚。

ISBN978-4-8137-1300-5／定価638円（本体580円+税10%）

# スターツ出版文庫　好評発売中!!

## 『壊れそうな君の世界を守るために』　小鳥居ほたる・著

高校二年、春。杉浦鳴海は、工藤春希という見知らぬ男と体が入れ替わった。戸惑いつつも学校へ登校するが、クラスメイトの高槻天音に正体を見破られてしまう。秘密を共有した二人は偽の恋人関係となり、一緒に元の体へ戻る方法を探すことに。しかし入れ替わり前の記憶が混濁しており、なかなか手がかりが見つからない。ある時過去の夢を見た鳴海は、幼い頃に春希と病院で出会っていたことを知る。けれど天音は、何か大事なことを隠しているようで…。ラストに明かされる、衝撃的な入れ替わりの真実と彼の嘘とは——。


ISBN978-4-8137-1284-8／定価748円（本体680円+税10%）

## 『いつか、君がいなくなってもまた桜降る七月に』　八谷紬・著

交通事故がきっかけで陸上部を辞めた高２の華。趣味のスケッチをしていたある日、不思議な少年・芽吹が桜の木から転がり落ちてきて毎日は一変する。翌日「七月に咲く桜を探しています」という謎めいた自己紹介とともに転校生として現れたのはなんと芽吹だった。彼と少しずつ会話を重ねるうちに、自分にとって大切なものはなにか気づく。次第に惹かれていくが、彼はある秘密を抱えていた——。別れが迫るなか華はなんとか桜を見つけようと奔走するが…。時を超えたふたりの恋物語。


ISBN978-4-8137-1287-9／定価693円（本体630円+税10%）

## 『龍神と許嫁の赤い花印～運命の証を持つ少女～』　クレハ・著

天界に住まう龍神と人間である伴侶を引き合わせるために作られた龍花の町。そこから遠く離れた山奥で生まれたミト。彼女の手には、龍神の伴侶の証である椿の花印が浮かんでいた。本来、周囲から憧れられる存在にも関わらず、16歳になった今もある事情で村の一族から虐げられる日々が続き…。そんなミトは運命の相手である同じ花印を持つ龍神とは永遠に会えないと諦めていたが——。「やっと会えたね」突然現れた容姿端麗な男・波琉こそが紛れもない伴侶だった。『鬼の花嫁』クレハ最新作の和風ファンタジー。


ISBN978-4-8137-1286-2／定価649円（本体590円+税10%）

## 『鬼の若様と偽り政略結婚～十六歳の身代わり花嫁～』　編乃肌・著

時は、大正。花街の料亭で下働きをする天涯孤独の少女・小春。ところがその料亭からも追い出され、華族の当主の女中となった小春は、病弱なお嬢様の身代わりに、女嫌いと噂の実業家・高良のもとへ嫁ぐことに。破談前提の政略結婚、三か月だけ花嫁のフリをすればよかったはずが——。彼の正体が実は“鬼”だという秘密を知ってしまい…!?　しかし、数多の縁談を破談にし、誰も愛さなかった彼から「俺の花嫁はお前以外考えられない」と、偽りの花嫁なのに、小春は一心に愛を注がれて——。


ISBN978-4-8137-1285-5／定価649円（本体590円+税10%）

# スターツ出版文庫　好評発売中!!

## 『君はきっとまだ知らない』　汐見夏衛（しおみなつえ）・著

夏休みも終わり新学期を迎えた高1の光夏。六月の“あの日”以来ずっとクラス中に無視され、息を殺しながら学校生活を送っていた。誰からも存在を認められない日々に耐えていたある日、幼馴染の千秋と再会する。失望されたくないと最初は辛い思いを隠そうとするが、彼の優しさに触れるうち、堰を切ったように葛藤を打ち明ける光夏。思い切って前に進もうと決心するが、光夏は衝撃のある真実に気づき…。全ての真実を知ったとき、彼女に優しい光が降り注ぐ――。予想外のラストに号泣必至の感動作。

ISBN978-4-8137-1256-5／定価660円（本体600円+税10%）

## 『青い風、きみと最後の夏』　水瀬（みなせ）さら・著

中3の夏、バスの事故で大切な仲間を一度に失った夏瑚。事故で生き残ったのは、夏瑚と幼馴染の碧人だけだった。高校生になっても死を受け入れられず保健室登校を続ける夏瑚。そんなある日、事故以来疎遠だった碧人と再会する。「逃げるなよ。俺ももう逃げないから」あの夏から前に進めない夏瑚に、唯一同じ苦しみを知る碧人は手を差し伸べてくれて…。いつしか碧人が特別な存在になっていく。しかし夏瑚には、彼に本当の想いを伝えられないある理由があって――。ラスト、ふたりを救う予想外の奇跡が起こる。

ISBN978-4-8137-1257-2／定価649円（本体590円+税10%）

## 『今宵、狼神様の契約花嫁が身籠りまして』　三沢（みさわ）ケイ・著

恋愛未経験で、平凡OLの陽茉莉には、唯一あやかしが見えるという特殊能力がある。ある日、妖に襲われたところを完璧エリート上司・礼也に救われる。なんと彼の正体は、オオカミの半妖（のち狼神様）だった!?　礼也は、妖に怯える陽茉莉に「俺の花嫁になって守らせろ」と言い強引に“契約夫婦”となるが…。「怖かったら、一緒に寝てやろうか？」ただの契約夫婦のはずが、過保護に守られる日々。――しかも、満月の夜は、オオカミになるなんて聞いてません！

ISBN978-4-8137-1259-6／定価682円（本体620円+税10%）

## 『偽りの後宮妃寵愛伝～一途な皇帝と運命の再会～』　皐月（さつき）なおみ・著

孤児として寺で育った紅華。幼いころに寺を訪れた謎の青年・晧月と出会い、ふたりは年に一度の逢瀬を重ね、やがて将来を誓い合う。しかしある日、父親が突然現れ、愛娘の身代わりに後宮入りするよう命じられてしまい…。運命の人との将来を諦めきれぬまま後宮入りすると、皇帝として現れたのは将来を誓った運命の人だった――。身分差の恋から、皇帝と妃としての奇跡の再会に、ふたりは愛を確かめ合うも、呪われた後宮の渦巻く陰謀がふたりを引き裂こうとしていた。ふたりの愛の行く末は!?

ISBN978-4-8137-1258-9／定価671円（本体610円+税10%）

書店店頭にご希望の本がない場合は、書店にてご注文いただけます。